Marie FOGLIA

La Roxelane

Roman

Du même auteur :

Lettre à un chevalier, 2017

La Montagne Noire, 2019

© *Marie Foglia, 2019*
Tous droits de reproduction réservés

La Roxelane

A Patrick,

A Gilles

> Le temps ne fait rien à l'affaire. On peut rétrécir à son gré la distance des siècles. *Marguerite Yourcenar*

I – LES ILES DU VENT

1665

Appuyé au bastingage du navire, Antoine de Bourdeuil aspire l'air du large à pleins poumons en regardant s'éloigner le port de Nantes. Les voiles du vaisseau se tendent à mesure qu'il quitte l'estuaire de la Loire. Sur le quai de minuscules silhouettes courent en agitant les mains. Des « Au revoir ! » fusent ici et là. Quelques « Dieu vous garde ! » sont encore audibles. Antoine tend le bras vers Héloïse, sa sœur venue l'accompagner. Elle court en retenant sa coiffe qui finit par s'envoler. Elle n'essaie pas de la rattraper. Ses longs cheveux bruns brusquement libérés, s'emmêlent dans le vent et balaient son visage baigné de larmes. « Antoine ! ».

La gorge serrée devant le chagrin de sa sœur, mais le cœur battant furieusement, Antoine ne peut résister à la folle excitation qui s'empare de lui.

Partir est la seule solution. Partir et faire fortune. Il caresse cet espoir insensé. C'est l'alternative pour échapper à une vie de pauvreté et d'expédients. Son frère Arnaud a hérité du petit domaine familial. Il n'y a pas de place pour deux. Sa sœur Héloïse sera bientôt mariée à un riche fermier et lui, a refusé d'entrer dans les ordres malgré les suppliques de sa mère. Il aura bientôt dix-sept ans et rêve d'un autre destin. Partir et revenir couvert d'or. Le capitaine lui a assuré que les îles des Caraïbes regorgeaient de richesses et qu'il suffisait de tendre la main pour s'en emparer. Une des relations de son père, devenue en quelques temps l'un des plus riches armateurs de Nantes l'a recommandé au sieur Louis Lafosse, colon installé en Martinique depuis plusieurs années. Il a été engagé par ce colon et travaillera sur sa propriété, avant de bénéficier lui aussi de terres riches et fécondes.

Depuis des années, les îles se peuplent de cadets de famille en quête de fortune et d'engagés pour trois ans, surnommés les « trente-six mois ». Comme Antoine, ils sont originaires des milieux ruraux du nord-ouest de la France et parfois de Bordeaux.

Colbert vient de créer la Compagnie des Indes Occidentales. Les commis délégués pour la gérer s'enrichissent d'une manière éhontée. Antoine ne sait pas qu'il n'y a presque plus de bonnes terres en Martinique. Tous les colons qui l'ont précédé se sont bien servis et les plus riches parcelles sont déjà prises. Pour l'heure, il sourit de sa bonne aubaine. L'avenir lui appartient.

Quelques jours de traversée plus tard, Antoine essaie de surmonter sa faim et son mal de mer. C'est son premier grand voyage. Les vivres sont presque avariés, la morue salée et les haricots secs lui soulèvent le cœur. L'équipage, goguenard, se moque des

La Roxelane

passagers qui n'ont pas le pied marin. Le voyage est long et difficile.

Et puis, après des semaines de traversée, l'île de la Martinique apparaît dans toute sa splendeur. La côte sous le vent. La rade de Saint-Pierre où s'abrite une multitude de vaisseaux. Le fort majestueux et ses canons tournés vers le large. La Montagne Pelée, le volcan au-dessus de la ville, couronne sans végétation au sommet. Le ciel d'un bleu éclatant. La végétation d'un vert si sombre qu'il en paraît presque noir. Des fleurs inconnues dont les couleurs explosent. Le soleil écrasant. L'humidité enveloppante et les vêtements qui collent à la peau. Mais les alizées rafraichissants et leurs parfums épicés. Antoine est soulagé de mettre pied à terre. Il respire l'air chaud chargé d'effluves. Le débarcadère grouille de colons venus accueillir le navire et prendre possession de la cargaison importée de France. Des files de marins, torse nu et en simple pantalon, font rouler des tonneaux vers les entrepôts du quai.

Dans la foule, un homme au visage rougi et buriné de soleil se présente à lui. C'est Louis Lafosse chez qui Antoine s'est engagé. Après avoir rejoint la carriole à l'écart de l'affluence des quais, ils se mettent en route vers l'habitation.

Dans sa sucrerie, Lafosse cultive la canne et en revend le sucre à prix d'or aux négociants de France. Il a diversifié les cultures en réservant des parcelles à l'indigo, au café et au coton. Il donnera un lopin de terre aux engagés une fois qu'ils auront fini leurs trois ans chez lui. Il en emploie plusieurs qui ont choisi ce moyen d'acquérir des terres. Pour l'instant, il affecte Antoine à la surveillance des ateliers et à la manœuvre du moulin. Chaque atelier est composé d'une dizaine d'hommes, travaillant chaque matin les arpents de terre qui leur sont dévolus. Antoine doit alimenter le moulin avec les cannes qu'ils ont coupées et amenées à la sucrerie. Cela ne semble pas bien difficile à première vue. Le premier jour, Antoine manque s'évanouir dans la fournaise de l'équipage des chaudières. Elles doivent être constamment alimentées en combustible. Rondes et noires, en fonte lourde et posées sur des socles de pierre, elles sont énormes et semblent vouloir engloutir ceux qui s'en approchent. Antoine songe que les feux de l'enfer dont parle le père Anselme doivent ressembler à cela. Le soleil ne leur laisse aucun répit. Il faut cuire le jus de la canne et le passer de chaudière en chaudière jusqu'à ce que le sirop soit assez épais pour être mis dans la purgerie où il deviendra sucre. C'est épuisant, la chaleur est infernale. Deux jeunes hommes, Régis et Guillaume, sont de sa région. Bien qu'ils soient d'extraction paysanne, Antoine est trop heureux d'avoir quelqu'un à qui parler. Son statut de surveillant l'a d'emblée mis à l'écart. Il ne s'en formalise pas et ne répond pas aux brimades.

La nuit, il peut à peine se reposer, car la cuisson des sirops ne doit pas être interrompue et d'autres équipes se relaient pour continuer l'œuvre de la journée. Le vacarme est incessant. Il dort au plus quatre heures, que déjà le jour se lève et qu'il doit retourner à la tâche. La nourriture donnée est très maigre. Des galettes de cassave[1] et cinq livres de viande salée par semaine forment l'ordinaire. Bientôt, il lui prend des coliques et des maux d'estomac qu'il essaie de surmonter. Mais il serre les dents et ne désespère pas. Il doit tenir jusqu'à la fin de son temps. Alors il recevra sa concession et lui aussi aura des équipes pour travailler à sa place.

La Roxelane

Nantes, janvier 1667,

Mon cher enfant,
Entendrez-vous ma voix par-delà les mers ? Je regrette que vous ayez pris la décision de vous éloigner de votre pays et de la terre de vos aïeux. Que peut-il y avoir de bon pour vous aux Iles ? Tous ici ne parlent que de féroces sauvages et de barbares qui peuplent ces contrées inhospitalières. Quel est ce pays où l'on doit peiner sous de tels climats ? Ce n'est pas une vie digne d'un de Bourdeuil.

Mon fils, vous pourriez revenir et vous établir honnêtement comme curé de la paroisse voisine et envisager une place d'évêque dans quelques années. Le père Anselme qui a ses entrées près de l'archevêché pourrait vous introduire et vous recommander par ses bons soins. Vous pouvez encore changer d'avis et revenir près de nous.

Je vous en conjure Antoine, pour l'amour de Dieu, laissez ces chimères et revenez.

Héloïse votre sœur demande après vous. Nous l'avons mariée l'été dernier et elle semble heureuse de cet arrangement. Guillemin est un bon garçon et sa ferme est prospère. Sa terre a bien donné et ses récoltes ont été bonnes, il a pu vendre à prix honorable tous ses produits. Notre vie est douce et vous pourriez si vous le souhaitez profiter de nos plaisirs simples. Mais vous avez toujours rêvé d'un autre destin, sans pouvoir vous satisfaire du sort que notre Seigneur vous a assigné.

Je prie pour votre salut tous les jours que Dieu fait.

Prenez bien soin de vous, mon fils.
Votre mère

Antoine garde la lettre de sa mère serrée un moment entre les mains, avant de la ranger sous son galetas. Les regrets l'envahissent. Mais il ne renoncera pas, il a signé. Et embarquer est devenu trop hasardeux. La guerre entre la France et l'Angleterre fait rage. La puissante Royal Navy affirme sa suprématie sur tous les océans. De Saint-Pierre, les navires marchands doivent prendre la mer en convois et être escortés par des vaisseaux de guerre.

La Roxelane

Habitation Lafosse, mars 1667,

Mes chers parents,

Je ne sais si cette lettre vous parviendra, mais je l'écris quand bien même cela devait être la dernière. La vie à l'habitation devient de plus en plus difficile. Nous sommes sans arrêt sur le qui-vive et nous dormons avec nos fusils car nous craignons d'être attaqués par ces diables d'Anglais.

Nos navires marchands doivent prendre la mer en convois et être escortés par des vaisseaux de guerre. Malgré cela, certains de nos bateaux n'arrivent jamais et nous manquons de tout.

Les Anglais croisent continuellement dans la rade de Saint-Pierre et dans la baie de Fort-Royal et n'ont plus peur des représailles. Nos propres navires ont bien de la peine à se mettre au mouillage, pris qu'ils sont sous le feu des canons.

Le gouverneur Clodoré a organisé notre défense lors de la dernière bataille et nous avons pu repousser les vaisseaux ennemis pour cette fois. Ils se sont emparés de l'archipel des Saintes et ont gagné l'île de la Guadeloupe qu'ils ont voulu attaquer aussi. Par Dieu, un cyclone a précipité leurs navires sur les rochers et presque tous les marins anglais ont péri. Mais nous pensons qu'ils reviendront à la charge et qu'ils s'enhardiront à débarquer à quelque endroit de l'île.

Je ne sais point si je pourrai vous donner d'autres nouvelles, mais sachez que vous êtes présents dans mes pensées. Je vous embrasse ainsi que ma chère Héloïse.

Votre fils Antoine

La Roxelane

Saint-Pierre, juillet 1667.

La Montagne Pelée se distingue à peine dans le petit matin. Des lambeaux de brume sont accrochés aux flancs du volcan. Il fait un peu frais. Le soleil n'est pas encore levé. Dans la rade de Saint-Pierre, des dizaines et des dizaines de navires marchands sortent du brouillard. Ils sont chargés de l'or blanc des planteurs. Les milliers de tonneaux de sucre, embarqués la veille et entreposés dans les cales. Durant la matinée, les capitaines donneront les ordres pour appareiller. Les équipages descendus à terre, prendront la mer pour trois semaines, avant de gagner les ports de Bretagne et d'Aquitaine. Il ne reste plus qu'à embarquer les barriques d'eau douce et les derniers vivres.

Les sentinelles françaises ensommeillées dans les échauguettes du fort, découvrent brusquement des vaisseaux de guerre battant pavillon anglais. Ils se sont faufilés au plus près du mouillage. Ils convoitent les navires français et leurs cargaisons. D'innombrables chaloupes chargées de tuniques rouges vont accoster. Dans chacune d'elles, une vingtaine de soldats britanniques bien armés souque fermement vers le rivage. Rien n'avait laissé présager de l'attaque. Les gardes hurlent l'alerte. Les britanniques ont déjà débarqué sur la plage et courent vers les bâtiments, tout en basculant leur fusil de l'épaule. La plage fourmille de silhouettes rouges. La défense française est désorganisée. Les soldats s'agitent en désordre. On prévient le commandant du fort, le gouverneur de Clodoré. Il quitte son logement pour courir vers la batterie qui défend la rade. Il fait charger les canons et ordonne la mise à feu. Un tonnerre de poudre âcre empuantit l'atmosphère.

Les premiers boulets mal ajustés tombent trop près des bâtiments et ne soulèvent que des gerbes de sable. Les Anglais de plus en plus nombreux continuent de courir à découvert. De Clodoré fait régler les angles des tirs. Les artilleurs se hâtent de recharger les gueules noires des canons. « Feu ! »

Cette fois les boulets font mouche. Des hurlements jaillissent des corps soulevés du sol.

« Feu ! » hurle encore le gouverneur.

De son vaisseau, Willoughby l'amiral anglais scrute la plage avec sa longue-vue. Un mouvement hors du fort attire son attention. Une longue file de silhouettes court vers la redoute. Il fait tirer dans cette direction.

Ce sont les colons. Tous servent dans la milice de quartier. Alertés par la canonnade, inquiets pour leurs biens, ils s'élancent vers le fort. La charge bien ajustée surprend. Des corps s'écroulent.

Antoine connait le maniement des armes depuis l'enfance, mais n'a jamais combattu. Les boulets sifflent à ses oreilles. Emporté par l'excitation, il s'élance avec la troupe vers les murailles. Jaffré, le commandant de la milice, vient prendre les ordres du gouverneur. Devant ces renforts, de Clodoré ordonne

La Roxelane

une sortie des soldats sur la plage. Les colons les couvrent. Tous savent se battre. Ce sont d'anciens flibustiers ou gens de course[11], devenus « habitants » et rentrés dans le rang.

Antoine, les engagés et Lafosse se retrouvent sur le chemin de ronde. Accroupis non loin des canons, ils arment les fusils, se préparent à mettre en joue. Antoine est saisi d'une fièvre et d'une hargne impérieuses. Il lui semble que tous peuvent entendre les battements désordonnés de son cœur. Une sueur glacée coule dans son dos, trempe sa chemise. Il essuie son front d'un revers du coude. Il est prêt à défendre chèrement la terre qui lui est promise. Il affermit ses mains sur le fusil.

Sur la plage, les deux camps vont s'affronter. Le capitaine anglais lève son épée. Avec un cri sauvage, il donne le signal de l'assaut. Les Français s'élancent dans une même furie. Une immense clameur s'élève. Les Anglais achèvent leur course rapide et se mettent en formation de combat. Ils s'agenouillent, mettent un pied à terre et tirent.

La première salve est meurtrière, les Français s'écroulent. L'air s'embrume de fumée. La rade résonne du fracas des armes. Le commandant de la milice galvanise ses hommes, avant de porter la main à sa tête. Sans former les rangs, la deuxième vague de Français se rue sur les Anglais qui rechargent leurs

---

[1] **Les lettres de course données par le roi autorisent les marins dits « corsaires », à arraisonner les navires ennemis pour le compte de la Couronne et à garder un pourcentage du butin.**

fusils à toute vitesse. Disciplinés, ils n'ont pas le temps de tirer une deuxième fois. Les Français fondent sur eux, épées au clair. Les corps-à-corps sont violents. Le fer enfonce les chairs et les membres. Sur les hauteurs du fort, Antoine vise et tire avec une énergie décuplée par l'angoisse. Sonné par le tonnerre des canons, il sent à peine son épaule douloureuse par le recul de l'arme. Le brouillard de fumée empêche de voir nettement la bataille.

Peu à peu, le cliquetis des lames est moins vif et les coups de pistolets s'éteignent. La plage offre une vision cauchemardesque de corps blessés ou agonisants, britanniques pour la plupart. Les Français encore debout se cherchent du regard avec soulagement. Le reste de l'armée anglaise a battu en retraite sur les chaloupes. Mais dans la rade, touchés par les canons, des vaisseaux de la Compagnie des Indes sont en train de couler avec leur précieuse cargaison. Ils contenaient plus d'un million de livres de sucre. La perte est incommensurable.

L'un des soldats, blessé d'une balafre au visage, essuie son épée sur le sable rouge du sang versé. « Nous les avons repoussés... pour l'instant. » Antoine réalise qu'il est hors de danger. Il se tourne vers ses compagnons. Son sourire de victoire fait place à une grimace d'horreur. Lafosse est adossé au muret, ses mains essayant de compresser son côté droit ensanglanté.

Le soleil se lève sur le carnage des corps sans vie.

Antoine, Régis et Guillaume, transportent Lafosse à l'habitation. La remontée est pénible. Ils prennent toutes les précautions pour préserver le blessé qui gémit de douleur. Arrivés à la grand'case[2], Guillaume court chercher le prêtre, pendant qu'Antoine et Régis installent Lafosse sur son couchage. Ils savent tous les trois qu'un sort pire les attend si leurs contrats passent à un autre habitant ou à la Compagnie royale. Ils seront donnés à n'importe quel autre colon moins accommodant que Lafosse, qui n'est pas si mauvais bougre. Le père Mathieu arrive essoufflé, escorté de Guillaume.

La peau de Lafosse est devenue transparente, ses yeux se sont voilés. Il respire avec difficulté mais a la force de se redresser à la vue du prêtre.

— Je vais mourir, je n'ai pas d'héritier…, je ne veux pas que mes terres aillent à la Compagnie Royale. Vous trois, engagés sur mes terres, vous devez avoir le lot qui vous revient. Vous tiendrez l'habitation à frais communs. Je vous délivre de vos contrats…

— Mais sieur Lafosse, ce n'est pas possible ! proteste le prêtre

Antoine et ses compagnons se figent. C'est une heureuse surprise pour eux, mais elle ne pourra pas se réaliser, si l'Eglise s'y oppose.

— Si !.... ça l'est ! Je vous demande de faire le nécessaire auprès de l'officier de la Milice. Vous devez tout régler afin que je parte l'âme

---

[2] Terme qui désigne la maison du maître, l'habitation étant l'unité économique.

en paix. Père Mathieu vous êtes le garant de mes dernières volontés. Promettez-moi ! ... promettez-moi ! presse Lafosse.
— Je vous le promets, consent le prêtre.
— C'est bien...

Louis Lafosse laisse aller sa tête contre les oreillers. Une toux sèche lui coupe le souffle. Il s'éteint le regard brumeux en essayant de parler encore. Antoine passe la main sur son visage et lui ferme doucement les yeux.

Nantes, octobre 1668

Mon cher enfant,

J'ai une heureuse nouvelle à vous apprendre. Héloïse a donné naissance à un garçon vigoureux et en bonne santé. Elle l'a prénommé Gauthier. Son époux en est content, car sa descendance est assurée. Mais votre sœur souffre de langueurs et met du temps à se remettre. Le médecin dit que c'est chose normale et qu'elle reprendra toutes ses forces bientôt. Arnaud a dû faire face au mauvais temps qui a endommagé les terres et certains fermiers n'ont pas pu payer à temps. Mais votre frère administre fort bien le domaine et avait prévu des subsides en cas de mauvaises récoltes. Votre père souffre toujours de ses rhumatismes qui le rendent grincheux. Et moi je continue de prier le ciel pour que vous entendiez mes appels.

Quelle est votre vie ? Mangez-vous bien à votre faim ? Ne faites pas d'action qui vous fasse déchoir de votre rang. Songez que vous êtes de sang noble même si nous n'avons plus le lustre de nos ancêtres. Vous nous l'avez assez répété.

J'attends de vos nouvelles avec une grande impatience. Les bateaux et les coursiers sont d'une lenteur insupportable. Votre père a lu avec beaucoup d'intérêt votre dernière missive. Il voit là une issue favorable qui pourra changer le cours de votre vie et se réjouit pour vous.

Il pense qu'il vous suffira de bien conduire vos affaires et reconnaît là l'esprit aventureux et plein de noblesse des Bourdeuil. Votre éloignement dit-il sera finalement profitable. Votre sort va-t-il s'améliorer enfin ?

Mon cœur saigne à la seule pensée de tous les dangers que vous courez. Ces guerres incessantes entre nations ne peuvent qu'apporter la ruine et le malheur sur notre terre de France, mais plus encore s'il était possible dans ces colonies où vous êtes à la merci de nos ennemis.

  Antoine, vous êtes mon dernier fils, vous avez survécu aux fièvres qui emportent les nourrissons et je me réjouissais jour après jour du bonheur de vous voir grandir et vivre près de moi. Je vous en conjure, prenez soin de vous. Ne vous exposez pas inutilement, prenez garde de rester en vie. Seigneur, quand vous reverrai-je ?

  Mes prières vous accompagnent,
Votre mère

Certaines nuits, dans des rêves trop brefs, Antoine retrouve les parfums de son enfance. Sa sœur Héloïse pansait ses écorchures et consolait ses chagrins. Les poursuites et disputes avec Arnaud dans le verger du domaine familial, leurs chevauchées dans la campagne nantaise, ivres de vie, de vitesse et de vent. Il entend leurs rires, leurs cris de joie et revoit les sourires de bonté de sa mère qui les appelait sur le perron.

Avant le lever du jour, il s'éveille sur son galetas, en sueur et dévoré de piqures d'insectes. Sa nostalgie s'évanouit aux lueurs matinales pour laisser place aux gestes rudes du labeur. Il œuvre jusqu'à une heure avancée de la nuit. Abruti de fatigue, le corps douloureux et la tête vide, il endure les souffrances.

Il doit résister aux offres d'achat de colons plus aisés et expérimentés. Mais Régis et Guillaume sont tentés d'accepter. Les coulées fertiles de l'habitation sont convoitées. Il suit obstinément son chemin malgré les réticences des deux autres jeunes gens. Tous ses efforts tendent vers ce but. Un retour en arrière est impossible.

Suivant l'exemple des autres colons, Antoine exhorte ses compagnons à convertir presque totalement les cultures de leurs terres. Les diverses épices et le café, le pétun, le cacao et l'indigo, qui faisaient les délices et les beaux jours des capitales européennes, laissent la place à l'or des îles, le sucre. La production de la Martinique connaît une véritable explosion.

La Roxelane

Habitation Lafosse, mai 1670

Mes chers parents,

Rien ne s'est passé comme prévu. Nous avons bien reçu nos lopins et nos titres, mais nous avons connu des dissensions. Mes compagnons comme moi-même n'avions pas suffisamment d'argent pour engager d'autres gens. Nous étions obligés de travailler les uns pour les autres et nous nous sommes beaucoup épuisés à la tâche. Aussi, Régis et Guillaume, les deux autres gars de Nantes m'ont revendu leur lot et sont partis pour Saint-Domingue, où dit-on les habitations sont si grandes que l'on peut se louer facilement et travailler pour un habitant très riche.

Après avoir vu le père Mathieu, j'ai pu m'engager à racheter leur part avec les premiers profits du sucre. Me voici donc à la tête de la plus grande partie de l'habitation Lafosse. Je dois faire fructifier la terre et ne pas laisser pourrir la canne. Aussi je travaille du matin jusqu'à une heure avancée de la nuit. Mais je vais bien et je n'ai pas encore eu ce coup de chaleur qui vous terrasse en quelques heures, ni les fièvres de Saint-Christophe.

Il se dit que l'on pourrait bientôt faire venir en grande quantité une autre main-d'œuvre bon marché, comme le font les Espagnols. Mais ce ne sont pas des hommes comme nous, a dit le père Mathieu. Colbert songe à développer le commerce maintenant que nous ne sommes plus en guerre contre les Anglais depuis la paix de Bréda et il nous donnera certainement les moyens de développer nos habitations.

La Roxelane

Mère, je vous garde dans mes pensées ainsi que ma chère Héloïse et mon neveu que j'espère bien connaître un jour. Votre fils Antoine.

Les cristaux blancs provoquent folie et dépendance dans tous les salons et toutes les maisons bourgeoises respectables. Tempérant le goût amer du café, le sucre est devenu indispensable en Europe. L'île se couvre de champs de canne. Les colons peuvent s'enrichir rapidement au gré des fluctuations du prix. Mais ils sont totalement tributaires des guerres entre nations.

Antoine sait que sa situation n'est pas encore bien établie. Sur le port, il guette régulièrement les capitaines qui apportent les nouvelles de la patrie. Un matin, il apprend que le roi Louis XIV qui veut évincer les Provinces-Unies de de la zone commerciale des Petites Antilles, vient de déclarer la guerre à cette nation. Pourtant c'étaient les alliés d'hier. Antoine ne comprend pas cette politique qui n'augure rien de bon pour le commerce des colons. Ils vendaient leur sucre aux Hollandais jusqu'à présent.

Qu'adviendra-t-il maintenant ?

La réponse ne tarde pas à venir. Après des combats sur mer et sur terre, la compagnie des Indes occidentales qui gérait la Guadeloupe et la Martinique fait faillite, ruinée par la guerre. Les îles vont être rattachées au domaine Royal. Ce n'est pas de bon augure, comme l'a d'abord cru Antoine, car Colbert a durci l'Exclusif.

La Roxelane

Habitation La Roxelane, Juin 1675

Mes chers parents,

Le découragement me prend quelquefois, mais je me relève bien vite et retourne à la tâche. Colbert ne souhaite pas nous aider davantage. Il se dit qu'il répète à qui veut l'entendre que les colonies doivent servir au royaume et non l'inverse et qu'elles ne doivent pas se développer plus que de raison. Comment faire ? Nous sommes tenus par l'Exclusif de commercer uniquement avec la métropole et les prix dépassent tout entendement. Songez que même la toile dont nous nous vêtons vient de France, nos ustensiles, nos outils, jusqu'à la majeure partie de notre nourriture, viande salée, huile et vin. Nous ne pouvons même pas commercer avec les marchands des autres nations qui pourtant font des prix plus avantageux.

Les intermédiaires, ces commissionnaires cupides nous prennent plus de profits que nécessaire et nous maintiennent dans la gêne. Le roi interdit les transferts d'or et d'argent dans les îles et seul le sucre peut servir de monnaie d'échange. Quand bien même nous voudrions acheter de menus produits nous ne pourrions pas. Il nous est interdit de commercer avec les Hollandais, les Anglais ou les Espagnols, même quand nous ne sommes pas en guerre contre eux. Alliés hier, ennemis demain, nous ne savons jamais assez tôt quels vont être les retournements de la politique de notre Roi.

La Roxelane

Colbert vient aussi de faire appliquer une autre loi destinée à peupler la colonie de gré ou de force. Ne voilà-t-il pas que les célibataires de plus de 20 ans vont être condamnés à une amende.

Mais où trouver une épouse avec qui fonder une famille ? Les orphelines qui nous sont envoyées, quand ce ne sont pas des gourgandines, sont de constitution fragile, ne connaissent pas les rigueurs de notre climat, pas plus que celles de l'habitation où elles auront à vivre. Elles se languissent de retourner au plus vite vers la France, comme si cela était possible. A bien y réfléchir, je vais choisir de payer l'amende et établir ma position plus confortablement avant de songer à prendre femme.

Vous êtes présents dans toutes mes pensées,
Votre fils Antoine

La Roxelane

II- PASSAGE DU MILIEU

Naomi

Accroupie à même le sol, enfermée avec d'autres jeunes femmes, Naomi aperçoit un coin de ciel par l'étroite lucarne de la prison. Ses yeux sont gonflés d'avoir tant pleuré. Ses poignets et son cou entaillés sont douloureux. Le bruit des vagues de l'océan lui parvient. C'est un grondement houleux qu'elle n'a jamais entendu. L'odeur salée des embruns est revigorante. Elle inspire avec avidité.

Naomi allait chercher de l'eau non loin de son village, quand elle a été enlevée, dans les savanes de la vallée du Ferlo. Des hommes, wolofs[3] comme elle, ont surgi des hautes herbes et l'ont trainée à l'écart. Elle a reconnu la langue quand ils lui ont intimé l'ordre de se taire. Ils étaient accompagnés d'hommes d'une surprenante couleur rosée. Des hommes qui n'auraient pas supporté le soleil, comme les albinos. Mais ceux-là portent des vêtures bizarres qui leur couvrent tout le corps, malgré la chaleur.

Elle a eu beau appeler à l'aide et se débattre, personne n'a entendu ses cris et les hommes l'ont assommée. Elle s'est réveillée pendant qu'ils lui mettaient un licol rigide et entravaient ses pieds et ses mains de chaines. Le licol la lie à une autre femme. Horrifiée elle tente encore de se débattre, mais un

---

[3] **Ethnie du Sénégal**

La Roxelane

coup de crosse dans les reins la fait hurler et tomber à genoux. Les échardes du licol lui déchirent les chairs. Sa voisine entraînée dans sa chute, émet un grognement. Prostrées, les deux femmes se relèvent.

Naomi roule des yeux affolés autour d'elle. Ils sont des dizaines, hommes et femmes, attachés dans ce sinistre équipage. Tous portant des marques de coups et de fouets. Elle ne reconnaît pas les scarifications qui ornent certains visages. Elle tente de demander à celle qui la suit, ce qu'il va advenir d'eux et où on les emmène ainsi. Mais la femme lui fait signe qu'elle ne comprend pas. Les hommes blancs ont une singulière odeur rance, ils tiennent des fusils et portent des chapeaux, qu'ils ne quitteront pas de toute la marche épuisante. Ils se mettent en route vers une destination inconnue. Naomi a soif, bientôt la faim la tenaille, les fers entaillent sa peau, les chaînes sont lourdes, mais la file qui se déroule dans la savane ne ralentit pas. Les hommes blancs s'arrêtent enfin à la tombée de la nuit. L'un d'eux sort une gourde de sa sacoche et de la viande séchée, qu'il partage avec les autres. Mais aucun n'a un regard pour les captifs. Enfin un des geôliers fait signe de s'asseoir. Suivant l'exemple des hommes devant eux, Naomi et sa compagne d'infortune se baissent et s'agenouillent en prenant soin d'accorder leurs mouvements. Elles essaient de se coucher. La position est insupportable, le licol empêchant le contact avec la terre. Le sang qui a séché sur les plaies se remet à couler. Les deux jeunes femmes se redressent et restent assises en ramenant leurs genoux devant elles. Leur repos est entrecoupé de cauchemars. La file de prisonniers reprend sa marche dès les premières lueurs du jour. Le soleil bientôt ardent, brûle les crânes, assèche les gorges. Mais la marche continue impitoyable, jour après jour. Le soir du dixième jour, ils arrivent sur le rivage de l'océan, près « du fleuve dont on ne voit pas la fin ». Naomi en a entendu parler dans les veillées, mais n'a jamais vu tant d'eau. Dans son village, seuls les hommes peuvent voyager au-delà des limites des terres de la tribu.

Les geôliers les font embarquer sur des chaloupes jusqu'à l'île de Gorée dont on aperçoit quelques lumières. Ils sont entassés dans la maison aux esclaves. Des hommes et femmes, enlevés à leurs familles au cours de rapines des blancs ou faits prisonniers par d'autres tribus, sont déjà là depuis de nombreux jours. Naomi est au désespoir. Elle comprend qu'elle ne pourra pas s'échapper. Comment les siens pourraient-ils la retrouver maintenant ? Sa mère doit être folle d'inquiétude depuis le temps qu'elle n'est pas rentrée. Elle implore Dundaari[4], le tout puissant. Elle est épuisée par les larmes qui se sont taries. En séchant, elles ont laissé des traces salées sur son visage.

Une autre ignominie l'attend. Avant d'embarquer sur le navire négrier *La Licorne*, les captifs sont marqués au fer rouge. Le navire de six cent vingt tonneaux, appartenant à un riche négociant de Bordeaux, est amarré au port de l'île de Gorée. Il est

---

[4] Divinité africaine

destiné à traiter cinq cents têtes de Noirs et à les emmener sur les côtes d'Amérique. Il est équipé de fers, de colliers, de chaînes et de fusils. Son capitaine a prévu des vivres et de l'eau pour deux mois de voyage. L'île sera le dernier contact avec la terre africaine. Les entrailles béantes du navire négrier attendent leur cargaison de chair humaine. Les Noirs sont enchaînés et parqués allongés à fond de cale.

Le roulis de l'océan, les crissements des voiles, le hurlement du vent du large effraient les prisonniers qui ne savent pas quel sort les attend. Les cris de révolte et de désespoir sont réprimés par les coups de fouet des marins. La traversée du « grand fleuve dont on ne voit pas la fin » commence. Les conditions de vie à bord du vaisseau sont atroces. Hommes et femmes croupissent sans pouvoir bouger, pris par le mal de mer, allongés dans leurs déjections. L'odeur est insoutenable. Il n'y a pas d'aération. Le raclement des chaines métalliques sur le plancher de bois serre le cœur. Le gruau censé les nourrir, déposé à côté de leur tête soulève l'estomac. Beaucoup meurent.

Naomi pense qu'elle ne survivra pas. Tous les jours, les marins descendent dans la cale et enlèvent quatre ou cinq corps sans vie. Que font les blancs de ces corps ? Quelle sera leur sépulture ? Si sa mère chérie la voyait ! Elle ne peut ni s'asseoir, ni se tourner. Combien de temps durera cette infamie ? Naomi a prié, imploré ses ancêtres et ses dieux, mais personne ne l'a entendue. Jour après jour, elle se réveille dans cette même scorie. Si seulement son esprit pouvait s'échapper ! Comme celui du sorcier de son village, qui partait dans un monde lointain quand il entrait en transes. Si un court instant, elle pouvait n'être que pure pensée ! Et cesser d'exister dans ce corps souffrant, dont elle a honte maintenant. Elle, si soigneuse de sa peau, de la propreté de son pagne, des ornements de sa chevelure....

Un jour les marins font monter leur cargaison sur le pont. De grands baquets d'eau de mer sont flanqués brutalement sur les malheureux. Les marins veulent préserver leur marchandise et lui donner quelques soins. Les Noirs éblouis par la lumière du jour et surpris par le contact de l'eau salée sur leurs plaies, se mettent à hurler. Il n'y a plus de terre ! Leur pays n'est plus en vue. Naomi est effarée, ses lamentations se joignent à celles des autres. Partout, l'élément liquide les entoure. Comment s'échapper ? Les marins goguenards, donnent des coups de crosse dans les reins des Noirs, les contraignant à se mouvoir et à bouger. Ceux-ci lancent des regards terribles. Ils comprennent qu'ils sont réduits à néant.

Alors, du groupe, monte une voix sourde, une mélopée indistincte, qui s'amplifie, relayée par des dizaines de gorges. Timides d'abord et maladroits, hommes et femmes tapent du pied pour se dégourdir les membres, puis frappent le sol en cadence à mesure que s'amplifie le chant. Les marins dépassés essaient de les contraindre au silence. Soudain un long cri foudroie les cœurs. Un homme à la peau luisante et à la forte musculature, s'est élancé et avant que les marins n'aient pu l'empêcher, saute par-dessus le bastingage. Il coule à pic. Des jurons l'accompagnent.

Le capitaine, dans l'entrepont, ordonne aux marins de s'écarter du bord « Les requins en feront leur affaire ». De larges ailerons fendent déjà l'eau. Peu à peu, le silence revient. Les Noirs sont redescendus et de nouveau enchaînés à fond de cale. Le capitaine donne de nouvelles consignes. Les matelots de quart pendant le passage moyen[5] doivent maintenant veiller à ce que les esclaves ne sautent pas par-dessus bord.

Naomi est suffoquée d'horreur. Elle a compris que les corps sans vie de ses semblables étaient jetés à l'eau sans sépulture. Leurs âmes ne trouveront jamais le repos. Aucun sorcier n'a officié ni invoqué les ancêtres en leur honneur. Personne n'a évoqué leur vie, leurs exploits peut-être. Leurs proches n'ont pas pu se recueillir sur leur dépouille. Personne ne leur a tracé la route. Comment retrouveront-ils le chemin de leur terre ?

Les jours continuent de s'écouler tous plus affreux les uns que les autres. Il y aura une autre montée sur le pont. Cette fois, les plus forts et les plus décidés, malgré leur épuisement rassemblent toutes leurs forces pour reconquérir leur liberté. Ils attaquent l'équipage du navire en enserrant les gorges des geôliers les plus proches avec leurs chaines. D'autres essayent de s'emparer des fusils des Blancs, en tirant sur le canon, mais les marins tirent dans le tas. Les corps sont jetés à la mer. Le capitaine peste contre la

---

[5] Montée sur le pont de la cargaison humaine

La Roxelane

perte sèche et le manque à gagner. Les marins de quart ce jour-là sont mis aux arrêts.

Dans la cale, Naomi ne distingue plus le jour de la nuit. Seule l'ouverture de la trappe au-dessus des têtes rythme le temps. Affamée, elle s'est résolue à manger. Quelquefois, les marins délivrent deux ou trois femmes qu'ils font monter devant eux. Nul ne sait où elles sont emmenées. Quand elles redescendent quelques heures plus tard, elles sont pressées de questions. Qu'ont-elles vu ? Que leur a-t-on fait ? Mais, muettes elles se laissent de nouveau enchaîner et se taisent. Une nuit c'est le tour de Naomi.

Le marin qui la délivre est presque aussi jeune qu'elle. Il a des yeux clairs comme l'eau des rivières. Elle essaie de sonder dans ses pupilles ce qui pourrait lui arriver. Sans pitié, il la pousse devant lui avec la crosse de son fusil. Engourdie, elle escalade les barreaux de l'échelle. Le marin la mène vers la coursive du navire. L'air frais de la nuit la surprend. Elle aspire avec avidité cette fraîcheur bienvenue après la touffeur de la cale. Un court moment, elle oublie sa peur. Ils cheminent vers l'entrepont, vers la cabine du capitaine. Le marin ouvre la porte.

Un homme affublé d'un costume étrange est attablé devant des cartes marines. D'un geste impatient, il congédie le marin. Naomi veut s'enfuir. « Pas de ça ! » intime le capitaine. Il quitte son couvre-chef garni d'une longue plume et se lève vers la jeune fille. Son regard est sans équivoque. Naomi sent son cœur défaillir. Elle n'a jamais connu d'homme. Le capitaine, un sourire sardonique aux lèvres, la saisit par les poignets. Il plonge son visage dans son cou. Une odeur douceâtre de poudre musquée et de vinasse pique ses narines. L'homme la fait pivoter brutalement sur la table proche. La tête dans les papiers froissés, Naomi hurle. Un coup de poing sur la mâchoire la laisse pantelante. Elle essaie de se dégager de la poigne du capitaine. Mais sourd à ses appels, il soulève son pagne, la saisit par les hanches et la pénètre sans ménagement. Quelques grognements plus tard, après s'être soulagé, il se détache d'elle et la pousse sur le sol. Elle voudrait mourir, mais ne parvient qu'à gémir. Elle a affreusement mal au ventre. Du sang coule entre ses jambes. Le capitaine ouvre la porte de sa cabine en se rajustant et hèle le marin. « C'est bon ! Tu peux la redescendre !». Le retour dans la cale ne sera que honte et douleur. Comme toutes les autres avant elle, Naomi, muette et prostrée, pleure en silence tandis que le marin lui remet les fers.

Le voyage durera deux longs mois.

Un jour, enfin, le bateau accoste. De la cale, les captifs entendent les ordres brefs criés sur le pont, ressentent les chocs sourds des cordes d'amarrage sur le ponton. Ils entendent les claquements des passerelles que l'on met à quai, les cavalcades et les voix des marins pressés d'aller à terre. De longs moments s'écoulent avant que la trappe ne s'ouvre. Une lumière aveuglante envahit la cale. Les marins lancent des lazzis et les poussent du pied. Ils enlèvent leurs fers et les font monter sur le pont. Les cheveux

La Roxelane

sont rasés, les corps enduits d'huile de palme pour dissimuler escarres et blessures.

C'est l'issue du passage du milieu, cette horrible traversée. Dans l'île de la Martinique dans la ville de Saint-Pierre où ils sont arrivés, les survivants vont être revendus aux planteurs. Le marché de chair humaine, le marché de « bois d'ébène » est ouvert.

Les esclaves sont parqués sur la place du Mouillage. Sans humanité, puisque les Noirs n'ont pas d'âme selon l'Eglise, les planteurs venus nombreux, tournent autour des femmes et des hommes apeurés.

Certains relèvent fièrement la tête. Car ils étaient guerriers au pays de leurs pères, chasseurs dans les savanes, artisans sur leurs terres, forgerons dans leurs villages, paysans des sables, pêcheurs des grands fleuves, sages au pays où chaque plante, chaque animal a une âme. Ils avaient leur place dans la communauté, ils étaient respectés dans les assemblées, ils étaient écoutés sous les arbres à palabres. Ils avaient une vie. Ils étaient des hommes. Ils étaient des hommes libres aux royaumes des Djolof, des Toucouleurs, du Calor, du Walo[6], des Mandingues[7] ou des Bambaras[8].

Ils ne comprennent pas cet asservissement. Bientôt ils réalisent que ce qui les faisait hommes aux yeux de tous, ce qui faisait leur existence, les cérémonies initiatiques de l'adolescence où ils avaient dû prouver leur vaillance, leur courage exercé au cours

---

[6] Sénégal
[7] Mali
[8] Niger

des épreuves rituelles, ne sera pas reconnu. Leurs épouses, leurs promises seront à jamais perdues. Ils ne reviendront jamais. Jamais plus les courses folles après le gibier dans les herbes hautes, ni les peintures guerrières et les lances, jamais plus les colliers de cauri et les ornements, les danses et les chants après les combats victorieux, jamais plus les jeux de l'amour, ni les cris et les appels des chasseurs, ni les pêches sur le fleuve Casamance...

Ils sont désormais esclaves. Ils ne s'appartiennent plus.

Les autres qui n'ont pas la force de lever les yeux vers la foule hostile et curieuse, résistent passivement au marchand d'esclaves, en se déplaçant lourdement et en ralentissant leurs mouvements.

Du bout de leur cravache, les Blancs à l'odeur de beurre rance et de lait, les Blancs soupèsent les sexes, forcent les bouches, examinent les dents, palpent les jarrets, pincent les biceps, flattent les croupes. Comme on le fait pour les animaux.

Les Blancs marchandent encore. La cargaison du capitaine, lui a coûté quarante-cinq livres par tête, en fusils, armes blanches, en tissu et breloques. Mais il est libre de faire monter les prix comme bon lui semble. Sur les cinq cent têtes embarquées, cent quatre-vingt-dix-sept sont mortes. Il compte bien se refaire. Les prix ne descendent pas en dessous de cent cinquante livres par tête.

Une fois son choix payé, le planteur fait charger sa marchandise sur les cabrouets[9] de bois. Toujours enchaînés, hommes et femmes sont menés sur les plantations. Les coups de cravache et de fouet forcent les plus récalcitrants à courber la tête et baisser les yeux. Ils ont un « maitre » désormais à qui il faudra obéir sous peine de mort. Réduits en esclavage, ils travailleront sans trêve ni répit dans les champs de canne.

Antoine a acheté deux esclaves ce jour-là. Il a payé sans s'indigner du prix de sa marchandise. Il ignore qu'elle a coûté à peine cinquante livres au capitaine, qui en a fait du bénéfice comme le profit de l'armateur bordelais. Son commandeur, Evariste, a enchainé les deux Noirs au fond de la charrette. Antoine lui laisse les rênes pour mieux observer ses nouvelles acquisitions. Tous les deux jeunes et bien portants, ils semblent n'avoir pas trop souffert de la traversée. L'homme a le teint non pas sombre mais d'une chaude teinte cuivrée. Elancé et vigoureux, il sera parfait au grand atelier où il pourra supporter les ardeurs de soleil et le travail harassant de la canne. La femme est à peine sortie de l'adolescence mais est en pleine santé. Il a pu la négocier à un bon prix car elle n'était plus vierge. A la réflexion, elle ira dans le petit atelier. Il faudra d'abord les confier aux soins des autres esclaves pour leur acclimatation. Une fois qu'ils auront compris les tâches que l'on attend d'eux, ils

---

[9] Charrette à deux roues

devront les exécuter sans faillir, sous peine de châtiment.

III - ESCLAVAGE

Avant de sortir de la case, le commandeur lance un regard lourd de menaces à Naomi. Elle frissonne. Le commandeur est un rouage indispensable du système esclavagiste. Comme Evariste, il est noir la plupart du temps. Il est les yeux et les oreilles du maître. Il relaie son autorité auprès des esclaves et fait respecter ses ordres. Il répond devant le maître du travail mal exécuté ou de la baisse de rendement des récoltes.

Il est craint des autres esclaves qu'il fouette plus que de raison pour se venger de leur mépris.

Le commandeur qui officie sur l'habitation est un nègre de Guinée. La peau noire presque bleue. Le regard colérique et ombrageux. Antoine l'a sermonné plusieurs fois. Il est inutile de faire claquer le fouet en l'air ou aux pieds des esclaves, sinon ils s'accoutument à ce bruit qui à la longue ne les effraie plus. Il faut au contraire n'en user qu'à bon escient quand la faute est avérée ou quand l'esclave ralentit volontairement sa tâche. Ainsi, celui qui aura été fouetté servira d'exemple à tous les autres qui n'en seront que plus actifs au travail.

Les esclaves apprennent vite qu'ils ne peuvent pas aller où ils le souhaitent, quand ils le souhaitent. Il leur est défendu de se rebeller, de discuter un ordre ou de répondre. Ils doivent exécuter toutes les tâches demandées, en silence et avec empressement. La moindre lenteur est considérée comme un refus de travail et punie. Ils doivent travailler de l'aube au coucher du soleil, du lundi au dimanche. Antoine va cependant permettre la pratique d'économie qui se fait sur d'autres habitations. Un jour est donné aux esclaves pour cultiver un potager et réduire les coûts de nourriture pour le maitre. Ils plantent des racines, du manioc dont ils font des cassaves avec la farine, des ignames, patates douces, concombres, et gombos filandreux. Les féculents agrémentent l'ordinaire fait d'haricots rouges et de salaisons venues de la métropole, morue, harengs saurs et bas morceaux de porc. Quelques-uns fabriquent des ratières et parviennent à attraper les gros crabes qui trouent les ruelles près des cases. Des arbres à pain poussent sur l'habitation. La chair des fruits à pain, consistante et nourrissante tient bien au corps et aide à rester toute une journée sous le soleil.

Antoine a donné un prénom chrétien à ses nouvelles acquisitions. La fille s'appellera désormais Délia et l'homme Athanase. Il n'a pas besoin de connaître leur identité. Pour lui ils n'en ont pas. D'ailleurs ils apprendront le créole[10] et comprendront la nécessité d'obéir prestement. Il note l'acquisition dans les registres où il comptabilise tous ses biens. Ils

---

[10] Langue commune. Mélange de vieux français, d'anglais et de langues africaines.

appartenaient à feu Lafosse. Antoine en a fait bon usage en noircissant petit à petit les pages de lignes et de chiffres.

Dans l'île, la population noire devient bientôt majoritaire et les blancs commencent à craindre pour leur sécurité. Alors à la demande de Louis XIV, Colbert, par l'Edit de 1685, crée le Code Noir. Le terrible code noir. Pour chaque velléité de fuite, chaque rébellion, une punition est prévue.

Un refus d'obéir, de se lever : le fouet.

Un attroupement : au fer rouge, la fleur de lys marque de l'infamie

Une lenteur au travail : le carcan et l'exposition au soleil.

La fuite et le marronnage : un membre coupé.

Toute récidive, quelle qu'elle soit, est punie de mort...

Les races sont rigoureusement répertoriées, les degrés de sang noir bien identifiés : octavon pour un huitième, quarteron pour un quart, mulâtre pour un demi, moitié noir, moitié blanc. Les mariages entre blancs et noirs sont interdits. Le code prévoit de punir sévèrement les manquements : mise au ban, amendes, confiscation des parcelles.

La société esclavagiste se pérennise et les Noirs apprennent à survivre dans de terribles conditions, en oubliant peu à peu leur lointaine Afrique.

La Roxelane

Au début, Délia refuse de répondre à l'appel de ce nom qu'elle n'accepte pas. Son père a voulu lui donner le nom de Naomi. Naomi elle décide de rester. A sa naissance, sa mère était fière de présenter à la tribu son bébé si calme qui posait sur le monde un regard confiant. Toutes ces années où elle avait été choyée, élevée dans les traditions rassurantes sont envolées, à jamais disparues. Son avenir était pourtant tracé. Ses parents avaient déjà choisi son époux, un garçon de la tribu, fort et bon chasseur. Les familles s'étaient fait des promesses, avaient échangé des cadeaux. Et puis la capture. La traversée. Les scories. Le viol.

Elle n'est pas née esclave. Elle n'a jamais connu la servitude. Sa famille, ses ancêtres ne sont pas nés esclaves. Qui sont ces gens qui lui veulent du mal ? Quelles sont ces âmes qui veulent l'asservir ? De quel droit lui fait-on subir toutes ces ignominies ? Pourquoi a –t-on voulu l'éloigner des siens ? Elle avait sa vie à vivre.

Mais à force de coups elle finit par sortir de son mutisme et à parler la langue commune. Il y a d'autres femmes de son ethnie sur l'habitation. Toujours apeurée, sursautant à la moindre parole, elle est devenue docile en apparence après les échanges avec deux autres esclaves, Anthonise et Philomène. Elle refuse de se nourrir mais patiemment les deux anciennes la consolent et lui font prendre conscience de sa nouvelle condition. Il faut se soumettre. Même si l'on n'est que révolte à l'intérieur de soi. Il faut se soumettre ou mourir. La mort viendra bien assez tôt.

Elles lui apprennent les usages de l'habitation durant les quelques semaines d'acclimatation que permet Antoine. Naomi Délia apprend comme d'autres avant elle, qu'elle ne peut pas aller et venir à sa guise. Qu'elle ne peut pas rester inactive. Qu'il lui est interdit de dire ce qu'elle veut, qu'il lui est interdit de songer à des idées saugrenues, comme le retour dans son pays, l'évasion ou le suicide. L'impuissance et le désespoir la submergent.

Délia s'endurcit. Ses larmes se tarissent. Elle accomplit mécaniquement les tâches simples qu'on lui confie, sans penser, sans plus réfléchir. Mais une horreur grandissante l'envahit. Elle a des nausées insupportables tous les matins depuis quelques jours. Puis son ventre enfle. Ainsi l'abjection du viol n'aura pas suffi. Il en restera une trace.

Sept mois après son arrivée à Saint-Pierre elle donne naissance à un enfant de bonne constitution. Une petite fille. Qu'elle tente d'étouffer. Anthonise s'est retournée juste à temps pour s'emparer de l'enfant hoquetante. Délia refuse de la nourrir et la repousse. L'enfant n'est pas noire, de ce noir chaud et brun des peaux africaines mais elle est presque jaune avec de bizarres cheveux filasse. Au désespoir de la captivité, à la honte du viol, s'ajoute le fardeau d'une vie qu'elle n'a pas souhaitée. Qui n'est pas tout à fait de son sang. Qui est de l'autre race. Une race maudite qui lui a pris son bien le plus précieux, sa liberté. Le cauchemar du navire a pris corps à travers l'enfant qui hurle sa faim. Durant de longs jours Naomi Délia est absente d'elle-même, morte en dedans. Révulsée par cet être qui s'accroche à son sein et que personne d'autre qu'elle ne peut nourrir. Ses compagnes d'infortune la raisonnent et la contraignent à donner son lait au bébé. Délia espère que l'enfant ne survivra pas. Mais ce bébé vigoureux résiste aux fièvres infantiles qui en terrassent tant d'autres. Antoine souhaite agrandir son cheptel à peu de frais. L'enfant sera très utile plus tard et il pourrait la revendre d'ici là si elle ne lui convenait pas. Il donne à ce bébé métis le prénom d'Emilienne. Délia la nourrira de gré ou de force.

Evariste le commandeur, surveille Délia de près depuis qu'elle fait partie du petit atelier. Affectée à des tâches sans grand rendement, elle travaille comme une automate, sans parler, sans lever les yeux. Elle agace Evariste. Sa mélancolie n'a plus de raison d'être. Que croit-elle cette prétentieuse auprès de qui les femmes s'apitoient ? Qu'elle peut faire ce qu'elle veut ? Que le temps de l'acclimatation va durer indéfiniment ? Elle aurait pu s'estimer heureuse ! On aurait pu la mettre à l'ouvrage du grand atelier tout de suite et là elle aurait vu ce que travailler veut dire ! Il aurait pu la mater tout à loisir et elle aurait entendu le sifflement du nerf de bœuf. Mais non, elle préfère se complaire dans une langueur sans fin.

Délia n'agace pas seulement Evariste. Elle excite son désir avec son air indompté et absent. Il voudrait la soumettre sous lui. Il lorgne aussi ses hanches rondes et sa poitrine haute, ses joues lisses et brillantes, son teint chaud, son front bombé. Bientôt il pourra profiter d'elle.

Un jour qu'elle est penchée sur des sacs en toile de jute, pleins de pois secs qu'elle doit trier, Evariste s'approche d'elle par surprise, l'attrape par la taille, soulève sa jupe et tente de la prendre de force. Les yeux agrandis de colère, Délia se retourne et lui siffle sa fureur au visage. Evariste, le membre soudain flasque, honteux la lâche brusquement. Il lui dit qu'elle a tort de le repousser car il pourrait la protéger et lui épargner les tâches difficiles.

Elle le fixe avec mépris sans mot dire. Evariste tourne les talons.

Le lendemain, Délia est réveillée brutalement à l'aube par des coups à la porte de sa case. Evariste la toise l'air mauvais et triomphant. Elle fait partie désormais du grand atelier. Elle doit suivre la file de femmes devant elle et amarrer les cannes en fagots, une fois que les hommes les auront coupées. Toute la journée, Evariste fait claquer le fouet à ses pieds, dès qu'elle ralentit le rythme. Courbée sous le fardeau, les mains en sang, cruellement blessées par les fils coupants de la canne, Délia retient les pleurs de rage qui lui brulent les yeux. Elle ne pourra pas descendre plus bas, le désespoir la poussera à un acte irraisonné. Elle est éreintée. Elle n'avait aucune idée de ce que serait ce nouveau calvaire. Elle ne s'est pas attachée les hanches avec la toile de jute qu'ont les amarreuses. Son dos n'est que souffrance.

A peine arrivée à sa case, ivre de fatigue, elle s'écroule sur sa couche. Anthonise la réveille peu après et la supplie de manger le morceau d'igname froid qu'elle lui a porté. Délia dit que cela est inutile. Qu'elle se laissera mourir de faim, ainsi tout sera terminé, son esprit retrouvera la terre de ses ancêtres par-delà l'océan. Anthonise secoue la tête. Ce n'est pas la peine de se rebeller. Il faudra y retourner demain et encore le jour d'après. Autant qu'elle ait des forces.

Délia ne répond pas. Anthonise sort de la misérable pièce pour regagner sa case. Le lendemain, à peine reposée, Délia est encore réveillée aux aurores. Il lui semble que la mort viendra aujourd'hui. Elle n'a pas mangé, n'est que douleur et courbatures. Mais elle est jeune et en bonne santé. Elle survit à cette nouvelle journée et aux autres qui vont suivre.

Evariste tourne autour de Délia et la tourmente sans répit. Le moindre prétexte est bon pour user la résistance de la jeune femme. Aujourd'hui, à cheval le regard mauvais il piétine l'endroit où elle travaille courbée sur les tiges sucrées.

— Tes cannes sont mal amarrées. Elles vont glisser hors du tas dès qu'on les mettra sur la charrette.

Délia ne lève pas les yeux, habituée aux remontrances injustes du commandeur. Evariste lève le fouet et sans avertissement, le cingle furieusement sur Délia.

— Je vais te faire voir, moi ! Tu verras bien qui commande ici !

Surprise, Délia laisse échapper un cri, tombe à genoux et se tord de douleur. Evariste descend de cheval. Il se précipite vers la forme à terre et la fouette sans ménagement. Des trainées rouges apparaissent sur la toile couvrant les épaules. Délia hurle et sanglote. Elle tente de se protéger le visage. La lanière brulante lacère ses chairs tandis qu'elle rampe vers le couvert des cannes. Evariste la poursuit. Les autres esclaves se sont arrêtés de travailler. Aucun ne comprend la fureur du commandeur. Une femme de la rangée s'avance, mais Evariste brise son élan d'un coup de fouet et continue de frapper Délia.

    Soudain une voix autoritaire s'élève :
    — Arrête ! Pourquoi la fouettes-tu ainsi ?
Evariste essoufflé se retourne, surpris. C'est Antoine arrivé à cheval. Tout à sa fureur, Evariste ne l'a pas entendu. Le commandeur est en sueur.

    — Je n'ai pas acheté cette négresse pour que tu l'abimes sans raison ! Qu'a-t-elle fait ?
Hésitant, Evariste maugrée que les cannes sont mal attachées.

    — Sombre imbécile ! Maintenant qu'elle est dans cet état, crois-tu qu'elle pourra mieux les attacher ? Qu'on la ramène au petit atelier ! Elle y restera jusqu'à ce que j'en décide autrement !

Deux esclaves s'empressent. Elles la soutiennent sous les aisselles et la trainent plus qu'elles ne l'amènent à sa case. Elle gémit, le dos et le torse striés de longues plaies.
Les femmes s'agitent autour d'elle en passant des linges mouillés sur les blessures. Malgré la chaleur humide, Délia claque des dents et frissonne. L'une des femmes court chercher la guérisseuse. C'est une vieille

Djolof qu'Antoine a acheté un bon prix pour la cuisine. Mais sans qu'elle n'ait rien dit, tous les Noirs de l'habitation savent qu'elle connaît l'usage des simples et qu'elle peut apaiser la douleur. On murmure aussi qu'elle saurait parler aux esprits.

Partir au-dedans de soi. Ne plus penser. Sortir de ce corps de souffrance. S'enfuir, mourir. Délia entend la guérisseuse dans un brouillard épais et cotonneux. Elle perd conscience. Elle est brusquement soulevée de la paillasse, aspirée par une force inconnue, loin, très loin de ce qu'il lui arrive. Elle survole les cases, l'habitation, le volcan. Elle vole à toute allure au-dessus d'une immense étendue liquide. Elle reconnait l'océan, bleu et profond, les sables du fleuve Casamance, les baobabs.

Elle se retrouve dans les bras de sa mère, protégée, apaisée par son odeur épicée et la chaleur de sa peau. Les femmes de sa tribu les entourent. Leur mélopée rythmée l'enveloppe d'une douce torpeur. Elle est bien. Tout est bien. Sa mère chuchote en la berçant :

— Mon enfant, Naomi, mon enfant, là, là…

Naomi balbutie qu'elle n'a pas voulu la quitter, qu'elle a été capturée, qu'on l'a enlevée, qu'elle regrette, qu'elle était juste allée chercher de l'eau… Sa mère murmure à son oreille :

— Je sais, mon enfant, je sais, … là, là, … repose-toi…

Oh ! La tendresse de sa mère ! Oh ! Les chansons de son enfance ! Oh ! Ce tendre cocon !

Puis la douleur revient. Brutale, intolérable. Elle n'est qu'une plaie ouverte. Elle entend d'autres voix.

— Tu ne peux pas traverser ! Reviens. Tu ne peux pas traverser !

— Si ! Laisse-la. C'est mieux pour elle. Laisse-la partir.

— Elle a encore la vie en elle. Elle ne peut pas partir maintenant.

Elle est prise d'un vertige infini. Elle se sent sombrer de très haut, vers un abîme de désespoir.

La Roxelane

Madeleine

Saint-Pierre, 1675

« S'il plaît à Sa Majesté de continuer d'envoyer tous les ans cinquante jeunes filles tirées de l'Hôpital, nous l'assurons que ce secours sera d'une très grande utilité pour les îles. Celles que Sa Majesté a envoyées sur le vaisseau *le Palmier* ont été promptement et assez avantageusement mariées, à la réserve de deux ou trois dont on a beaucoup de peine à se défaire, parce que ce sont de misérables prostituées qui n'ont point été élevées à l'hôpital, et qu'on a, par des considérations particulières, mises au nombre des autres, ce qu'il serait à propos de défendre aux directeurs des hôpitaux". »[11]

« Mémoire au roi », le gouverneur et l'intendant de l'île de la Martinique

Tous les colons sont agglutinés sur le quai. Les marins du navire qui vient d'accoster jettent les passerelles sur le ponton et commencent à débarquer les tonneaux de morue séchée, les salaisons et autres vivres. Les colons pour une fois ne jettent pas un œil à cette cargaison. Une rumeur impatiente bruisse parmi cette foule d'hommes.

Un instant le silence se fait sur la place du Mouillage. Plusieurs silhouettes féminines se

---

[11] In revue de l'Histoire de France. Joseph Rennard

distinguent sur le pont du navire. Elles jettent des regards curieux et inquiets autour d'elles. Le capitaine s'avance et les incite à s'engager à sa suite sur la passerelle.

Elles descendent sur le quai, robes noires et cols montants jusqu'au cou, sous le soleil implacable. Les colons se pressent pour mieux regarder.

Le capitaine tire de sa manche un long parchemin et en entreprend la lecture.

« *Par ordre du roi, notre bien aimé Louis le Quatorzième, il nous est donné pouvoir de mener à la colonie de Martinique, les dames désignées dans la liste ci-dessous aux fins de peuplement de cette colonie, qu'elles y prennent le mari qui leur a été dévolu et qu'elles soient résidentes en la dite colonie* ».

Pendant que le capitaine poursuit, Antoine se hausse en essayant d'apercevoir les visages en partie dissimulés par les bonnets de dentelle.

A l'appel de leur nom, les habitants s'empressent un à un auprès du capitaine qui leur remet la femme amenée de France.

« Antoine de Bourdeuil ! » Antoine se précipite. La jeune femme au côté du capitaine est frêle et menue. Elle garde la tête inclinée mais le regarde sous la voilette de son bonnet noué sous le cou. Le capitaine a déjà lu l'ordre d'attribution, mais Antoine a à peine entendu le nom de la jeune femme. Il a juste saisi son prénom. Madeleine, comme celle des Ecritures, qui a lavé les pieds de Jésus, avec ses cheveux embaumant le parfum.

La Roxelane

Il aperçoit fugacement l'éclair violet de ses yeux et son profil mutin. Il tend timidement la main vers elle.

« Mademoiselle… s'il vous plaît de me suivre ».

Elle se penche, ramasse un pauvre sac à ses pieds et le suit vers la carriole à l'écart de la foule. Antoine tend le bras pour l'aider, mais elle monte résolument et s'installe sur le banc de bois. Un parfum de muguet effleure ses narines dans le flottement de ses jupes. En un instant, lui reviennent le souvenir de la rosée matinale dans les jardins du domaine à Nantes, la campagne bretonne, le vent du large et la furie des vagues. Comment peut-elle encore sentir les fleurs après un tel voyage ? Il se souvient des affres de la traversée des années plus tôt.

Antoine monte à son tour et fouette son cheval. Une fois sortie du port, la charrette s'engage sur le chemin caillouteux qui monte à l'habitation. Antoine voudrait lui poser mille questions.

Il la regarde à la dérobée, elle n'est pas apeurée et garde le visage tourné sur le chemin. Ils n'échangent pas un mot de tout le trajet. Ils arrivent bientôt à l'habitation.

Un palefrenier se précipite à leur rencontre et tient les chevaux par la bride. Antoine contourne la charrette pour aider la jeune femme à descendre. A l'adresse de l'esclave :

Ramène l'attelage et donne bien à boire aux chevaux. Il a fait très chaud en ville.

Madeleine se tourne et observe le paysage autour d'elle. Semblant satisfaite elle consent enfin à le

regarder. Il est frappé une nouvelle fois par l'éclat de ses yeux et la pâleur de son teint. Elle l'observe, sans mot dire. Antoine a forci depuis son arrivée sur l'île, son front s'est dégarni, les travaux des champs lui ont rougi le teint et abimé les mains.
Mal à l'aise, il lui présente du bras, l'habitation.
— Voici votre demeure mademoiselle.
— C'est charmant ! répond-elle.
— Je suis heureux que cela vous plaise.
— La Roxelane ? questionne la jeune femme en désignant l'écriteau suspendu entre les poteaux de l'entrée.
— Oui, c'est la rivière qui coule sur mes terres. C'est aussi le nom du navire amiral de Belain d'Esnambuc. Le flibustier qui a pris possession de l'ile il y a quelques années. J'ai donné ce nom à l'habitation.

En effet, l'endroit est charmant. En dix ans Antoine s'est démené sans répit. Les cannes ont essaimé sur toutes les terres de feu Lafosse, désormais siennes. Dès qu'il l'a pu, il s'est empressé de racheter les lopins des petits Blancs, venus s'installer dans les marges des habitations. L'aisance venant, il a agrandi et embelli la demeure. Une véranda apporte de l'ombre devant la maison et des palmiers royaux encadrent majestueusement l'allée qui y mène.

Antoine est l'un des possédants les plus en vue de Saint-Pierre. Considéré comme issu des premiers colons, même s'il a hérité de terres par l'engagement, il est officier de la milice et fait partie du conseil. Une soixantaine d'esclaves travaillent maintenant avec lui. Il les a achetés au fur et à mesure que se faisaient les profits du sucre. En revendant lui-même et depuis la fin de la guerre avec les Anglais, il a pu s'enrichir petit à petit. Il est accepté dorénavant dans le cercle très fermé des riches colons.

Délia a ressenti sans pouvoir se l'expliquer une quasi adoration pour Madeleine. La jeune femme passe ses journées à chercher un peu de fraîcheur d'un bout à l'autre de la maison. Elle a refusé tout net de sortir par grand soleil pour s'occuper de quoi que ce soit.

Capricieuse, elle ne s'égaie que devant les rares fanfreluches amenées par les bateaux avec lesquels commerce Antoine. Sa témérité plaît à Délia qui n'a pas su mourir quand elle le souhaitait si fort. Sa façon de ne pas se résigner lui montre le chemin. Madeleine ose répondre à Antoine. Sur tout. Sur l'ennui dans cette île. Sur le manque de distractions. Sur la maison pourtant spacieuse. Elle se moque de la façon qu'il a de se dandiner quand il la regarde. De toutes les esclaves, elle choisit Délia pour s'occuper d'elle. Elles sont isolées toutes les deux dans un sort commun bien que différent. L'effronterie de Madeleine ramène la vie à Délia, qui y voit une dérisoire vengeance à son malheur.

Antoine n'a pas pu refuser ce nouveau caprice et Délia est épargnée par les travaux du petit atelier.

Elle croise le soir les nègres de houe qui reviennent harassés, pour un repos de quelques heures. Elle les considère de loin, aujourd'hui privilégiée par ses tâches moins pénibles. Les femmes, quoique jeunes, sont usées et fanées. Les yeux las, le teint grisâtre, elles marchent titubantes vers leur case. Délia frissonne de pitié. Elle a échappé à ce sort, mais reste partagée entre la conscience aiguë de sa position favorisée et la compassion. Elle ne veut pas non plus parler à ceux de l'autre sexe. Le seul contact qu'elle ait eu avec un homme a été cet épouvantable viol durant la traversée.

En Afrique, sa mère lui dépeignait pourtant les délices apportées par les joies de l'amour. Mais elle a été ouverte violemment et s'écarte d'instinct du chemin des Noirs qui pourraient la convoiter. Evariste lui en veut encore de la clémence d'Antoine. Délia évite son regard assassin quand il mène la colonne.

Pourtant Athanase, acheté en même temps qu'elle, va briser peu à peu ses résistances.

D'abord il lui propose de sarcler son jardin potager derrière la case. Cela arrive fortuitement, leurs masures se jouxtent. Il parle la langue de Délia. Leurs peuples sont voisins sur la terre d'Afrique. Délia le laisse planter des légumes et lui donner le produit de ses efforts. Leurs échanges sont furtifs, faits de regards coulés et de silences.

Petit à petit, Athanase s'enhardit. Il lui dévoile son nom, son vrai nom wolof, le nom que lui a donné son père. Il s'appelle Mbayé.

Il lui dit qu'elle est belle, malgré l'ignominie de l'esclavage. Qu'ils peuvent être libres s'ils le souhaitent. Il suffit de fermer les yeux la nuit pour voir leur lointain pays. Dans les cannes, le jour, il suffit de penser en entendant le sifflement rythmé du coutelas, au ballet des rames sur le fleuve Casamance. Quand le fouet s'abat sur les dos brulés de soleil, il suffit d'écouter la chanson des pilons qui tambourinent dans les mortiers pleins de mil. L'Afrique n'a pas disparu. Délia secoue la tête. Ils ne reverront plus leur terre, ni leurs familles. Leurs ancêtres ne pourront pas les attendre et les guider sur le chemin de l'au-delà. Athanase prend son visage dans ses mains pour lui dire que l'Afrique est en eux. Délia n'y croit pas, elle est résolument ancrée dans le présent, aussi atroce soit-il. Mais cela ne fait rien, le son des paroles de l'homme l'apaise.

Au fil de leurs rencontres, sa douce insistance vient à bout de ses résistances. Un soir, vaincue, Délia accepte Athanase dans sa couche. Ses bras forts et son torse musclé sont protecteurs. Délia oublie un moment sa condition. Athanase fait d'elle une femme enfin. Ensemble ils connaissent le bonheur des émois partagés. Délia apprend la volupté de s'offrir sans être forcée et se laisse guider vers les plaisirs.

Nuit après nuit le grand Noir tisse pour elle tous les fils de leur enfance. Il fait revivre un bonheur évanoui, les chants, les rires, les contes des griots. Dans ses mots, elle retrouve la liberté perdue. Il la rend libre de courir avec lui dans les grandes savanes pour traquer le lion. La terrible bête que tout garçon doit tuer afin de devenir un vrai guerrier aux yeux de sa tribu. Il l'amène avec lui, recevoir les scarifications rituelles à l'entrée dans l'âge adulte. Elle sent comme lui la brûlure de la lame sur son torse et son visage.

La Roxelane

Elle voit le sorcier du village avec sa superbe coiffe de plumes faire les bonds prodigieux de la danse sacrée. Elle sent le sol vibrer sous les pulsations des tambours et les pieds des musiciens. Elle se souvient de la résonnance de la terre. Sa terre.

Elle sent les mains rêches qui lui rasent le crâne, elle voit les autres initiés, tous adolescents du même âge, recueillis avant les épreuves. Elle entend les acclamations qui saluent le courage du jeune garçon et lui souhaitent la bienvenue parmi les hommes.

Athanase l'amène nager dans les bras calmes du fleuve Casamance. Elle voit les filets des pêcheurs lancés à la volée depuis les barques retomber en pluie sur l'eau poissonneuse. Au soleil, elle sourit devant les écailles argentées des belles prises qui se débattent dans un dernier souffle, promesses de festin.

Nuit après nuit, ils s'évadent vers un passé disparu.

Le cheval peine à monter au trot le chemin escarpé de la Montagne. Antoine lui laboure les flancs de ses éperons. La bête épuisée reprend un ultime galop sur le chemin bordé de palmiers royaux qui mène à l'habitation. Sans attendre l'arrêt de la course, Antoine descend de sa monture et se précipite vers le premier étage de la demeure. Il escalade les marches quatre à quatre.

— Madame ! Madame !

Il ouvre la porte de la chambre de Madeleine à toute volée. Surprise, elle laisse tomber la brosse qu'elle utilise pour coiffer la soie de ses cheveux.

— Monsieur ? Que …

— J'apprends que vous vous compromettez avec le sieur Delpierre ! Toute la colonie en parle ! Dans mon dos ! Il m'a été rapporté ce tantôt que vous lui avez accordé vos faveurs!

— On vous aura mal renseigné, mon époux.

— Comment osez-vous ? On vous a vus il y a peu ! En plein jour ! Tendrement rapprochés sur sa véranda! Ignorez-vous donc votre situation ? Et la sienne ? Il épousera bientôt la sœur du gouverneur ! Voulez-vous me mettre dans l'embarras et faire de moi la risée du conseil ?

— Que nenni, monsieur.

— Madame, je vous ai offert le confort, l'argent, la respectabilité ! Tout ceci ne vous suffisait-il point ?

Madeleine se redresse, le souffle court, toise Antoine de ses yeux violets et souffle perfide :

— Vous ne m'aviez pas commandé de vous aimer !

— Vous êtes une catin ! Une trainée de la pire espèce !

— Vous le saviez en m'épousant !

La Roxelane

— J'espérais au moins de la reconnaissance pour vous avoir sortie du ruisseau !

— Par ordre du roi, monsieur, ne l'oubliez pas.

La gifle part. A toute volée. Madeleine tombe à la renverse sur le lit. Dans le désordre de sa mise, Antoine aperçoit ses jambes nues sous les jupons. Il se jette sur elle. Elle se débat, rouge de fureur et le griffe au visage. Il lui tire les poignets au-dessus de la tête et arrache les lacets de son corsage. Ses seins jaillissent, blancs et laiteux. Il contemple un instant la gorge offerte, avant de passer la main sur la peau tendre. Les pointes roses frémissent et se durcissent. Il presse goulûment sa bouche sur la chair chaude et onctueuse et enfouit son visage dans le cou de sa femme. Elle a toujours ce parfum de muguet qui l'affole.

— Vous n'oserez pas !

— Vous m'appartenez ! Je prends ce qui est à moi !

Antoine plonge la main sous les flots de jupons et pétrit le velours des cuisses. Madeleine gémit. Antoine remonte sa main et rencontre la toison touffue et humide. Fou de désir, il dégrafe son pantalon et en sort son sexe déjà durci. Il écarte les jambes de sa femme qui les resserre. Affalé sur elle, il la pénètre sans ménagement. Madeleine hurle. Antoine la maintient toujours. « Je suis votre seul maître, vous me devez obéissance et respect » chuchote-t-il contre sa joue. Il embrasse avidement ses seins et en prend les tétons à pleine bouche. Elle ne se débat plus et a un étrange sourire. Ses yeux se troublent et elle répond peu à peu à la cadence d'Antoine. Il relâche ses poignets. Elle agrippe ses cheveux et soulève ses hanches vers lui. Elle se cabre sous le rythme imposé. Ensemble, ils se concentrent sur le plaisir à venir. Antoine gémit avant de pousser un cri sourd. Il roule sur le côté, essoufflé. Madeleine se redresse, le feu aux joues, belle dans ses jupons de coton, ses longs cheveux bruns vaporeux épandus sur ses épaules.

— Que n'aviez-vous commencé par-là !

Madeleine continue de traîner son ennui sur la véranda et dans la vaste demeure. Antoine a cru qu'elle allait se soumettre à ses volontés et qu'il pourrait profiter des voluptés de son corps tant qu'il voudrait. Mais ses espoirs ont été vite déçus. Elle lui distille ses faveurs au gré de ses envies. Le fait languir en le provoquant de ses charmes, puis en se refusant. Et reste maitresse du jeu pervers qu'elle a instauré.

Ses instants d'abandon ne sont plus qu'un souvenir et quand il la rejoint dans le lit conjugal, elle ne lui présente qu'un corps froid et sans désir. Il ne la satisfait pas.

Elle le toise sans aménité et s'amuse de l'effet qu'elle a sur lui. Elle le sait faible et prêt à céder à ses caprices. Cela l'exècre. Elle a envie d'un adversaire à sa mesure.

Longtemps il lui a fallu ruser et jouer de ses charmes quand elle n'était qu'une orpheline confiée à l'Hôpital. Elle a toujours refusé cette infamie. Elle méritait ce qu'il y avait de mieux. Sa jeunesse et sa beauté faisaient tourner les têtes quand elle suivait les sœurs de l'Hôpital pour aller aux offices. Dieu ! Qu'elle a pu s'ennuyer et soupirer après une vie meilleure durant ces mornes journées, ponctuées par les prières et les travaux d'aiguille.

Elle se regardait le soir dans un petit miroir à main, dans la cellule où elle dormait. Elle admirait son teint de lait, sa gorge bien faite, sa lourde chevelure et exerçait son regard violet en battant des cils. Elle se dévêtait ensuite pour le plaisir de caresser la douceur de sa peau. Elle se contorsionnait devant la minuscule glace pour regarder le reflet de ses courbes. D'abord les seins, petits et parfaits, puis la fine taille et le ventre plat. Les hanches étroites, la chute de reins voluptueuse. Les jambes minces et élancées.

Tout ce gaspillage de beauté ! Sa jeunesse allait se faner sans lui avoir profité.

Pourtant elle savait ce qu'elle voulait. Séduire un homme puissant qui la protègerait et lui donnerait tout ce dont elle aurait envie. Un homme qui lui ouvrirait les portes de la bonne société. Un homme qui la vengerait de l'affront des regards condescendants de toutes ces bourgeoises bien mariées ! Leurs yeux emplis de mépris la considéraient avec hauteur, en tendant le panier de légumes, qu'elles donnaient en aumône à l'Hôpital. Bien à l'abri dans leurs maisons cossues, elles lui susurraient que sa beauté ne lui servirait de rien, puisqu'elle n'était qu'une orpheline. Elles insinuaient avec des paroles doucereuses qu'elle finirait dans le ruisseau, car aucun homme sensé ne l'épouserait. Elle était sans dot, une pauvresse sans le sou, sans famille et sans appui.

Pourtant elle rêvait. Elle aussi aurait une riche maison avec des domestiques pour la servir.
Elle aussi se tiendrait avec morgue et arrogance. Il suffirait qu'elle soit choisie par un bourgeois. Mais la seule occasion qui s'était présentée était une ordonnance royale qui prévoyait d'envoyer les orphelines peupler le nouveau monde.

Tous ses rêves s'effondraient ! Elle ne pensait pas à un tel destin ! Les hommes qui vivaient dans ces iles n'étaient que des rustres sans éducation et leurs maisons des cases en paille. Qu'irait-elle faire là-bas ? Comment pourrait-elle briller un jour en société ? La vie lui jouait un tour qu'elle n'avait pas du tout prévu.

La mère supérieure la regardait sévèrement pendant qu'elle laissait le désespoir l'envahir.

— Ma fille, c'est une belle opportunité qui s'offre à vous. Ce serait pécher que de mépriser ce cadeau du ciel. Dans votre condition, vous ne pouviez espérer mieux. Qu'attendiez-vous donc ?! Soyez reconnaissante à notre roi bien-aimé de se soucier du sort de personnes telles que vous !

Elle n'avait pas pu protester. Sa pauvreté lui apparaissait dans toutes ses conséquences. La rue ou l'exil. Elle n'avait pas le choix. Elle avait fait son bagage, composé d'un trousseau inachevé et de sa seule robe de rechange. Et puis l'horrible voyage avait commencé. Le roulis de la mer. Les odeurs épouvantables. Les sarcasmes des marins avinés. Leurs regards lubriques. Ils savaient qui elle était. Elle ne les impressionnait pas avec les grands airs qu'elle tentait de se donner.

A son arrivée sur l'île, elle avait vite compris qu'Antoine ne serait pas à la hauteur de ses ambitions.

D'un regard elle l'avait jaugé. Elle en ferait ce qu'elle voudrait. Elle voyait déjà tout le profit qu'elle pourrait en tirer, tout en lui en voulant férocement de ses faiblesses. Elle lui ferait payer d'avoir dû venir dans cette ile maudite par sa faute.

La Roxelane

Aujourd'hui elle est maitresse de maison. Sa perversité s'exerce aussi sur les esclaves. Avec eux, elle a trouvé inférieur à sa condition. Elle n'était rien dans la métropole, mais ici elle fait partie de ceux qui ont le pouvoir et l'argent. Ce n'était pas la vie qu'elle espérait, mais dans cette ile loin de tout, elle peut se gausser que le sort ait fait d'elle une femme blanche.

Elle s'amuse à donner des ordres puis à changer d'avis et punir. Ses yeux brillent d'une joie mauvaise quand le fouet s'abat sur les dos suppliciés. A chaque claquement, ses lèvres se serrent et elle attend avec impatience le prochain coup, le prochain cri.

Elle se plaît à tourmenter Antoine avec des exigences sans cesse renouvelées. Un jour, ce sont les meubles qui ne lui conviennent plus et il faudra les changer. Le lendemain, les toilettes arrivées à grand frais de la métropole ne trouvent plus grâce à ses yeux et dédaigneuse, elle clame qu'elle ne portera pas ces oripeaux. Ou fait renvoyer en cuisine les plats qu'elle trouve trop frustes.

Elle n'est heureuse que lorsqu'elle voit Antoine sur le point de supplier. Rien ne lui convient. Elle supporte difficilement la chaleur et l'odeur sucrée qui monte des chaudières l'écœure. Antoine subit la tyrannie de ses bouderies pendant des semaines.

Délia seule, l'apaise un peu. Sa soumission appliquée la conforte dans son rôle. La jeune femme a des gestes précis pour s'occuper de Madeleine. Son odeur est toujours propre et fraîche. Elle la coiffe soigneusement sans lui tirer les cheveux et sait manier les peignes à petits crans. Elle lui présente ses toilettes sans confondre les dessus et les dessous. Elle lui prépare ses bains avec une eau toujours à la bonne température. Elle veille à ce qu'elle ne manque jamais de la citronnade qu'elle affectionne. Elle l'accompagne dans ses rares promenades, toujours silencieuse et discrète.

Un jour il prend la fantaisie à Madeleine de s'approcher des cannes et de l'atelier en pleine coupe. C'est une décision insensée qui ne lui ressemble pas. Le soleil que Madeleine déteste, est encore haut et la place d'une dame n'est pas dans les champs, même avec une ombrelle. Délia hésite, mais n'essaie pas de la dissuader. Madeleine commande, elle doit obéir. Elles iront avec la carriole que sa maitresse fait atteler. Le palefrenier les conduit.

Délia a encore le souvenir cuisant de son passage au grand atelier et voit les cannes approcher avec appréhension. Des chants bourdonnés montent de la marée verte. Les esclaves sont proches. Madeleine fait stopper la carriole. Elle hume l'air et regarde avec intérêt les dos courbés sous le labeur.

Placés en rangée ils avancent en ligne à mesure de la coupe. Intrigués par le bruit des sabots, certains tournent la tête et s'interrompent, abasourdis. La femme d'Antoine est dans les cannes. Mais le commandeur s'empresse déjà avec le fouet en leur enjoignant de retourner au travail.

Délia a reconnu Athanase. Un bref regard heureux que Madeleine surprend. Délia baisse aussitôt les yeux et retrouve son expression impénétrable. Madeleine a un sourire songeur.

— Non ma'am, vous ne pouvez pas faire ça !
Le grand Noir horrifié recule dans le fond de la réserve et baisse les yeux. Pourtant la femme qui lui fait face est petite, menue sans défense.
Mais elle est blanche.
— Si tu ne fais pas ce que je te dis, je dirai au maitre que tu m'as forcée et tu sais ce qu'il te fera ?
La femme s'approche vers l'esclave qui roule des yeux de tous côtés cherchant une issue. Elle lève la main vers le torse musculeux, luisant de sueur. Doucereuse et dangereuse elle avance encore.
— Tu es un bon Noir, n'est-ce pas Athanase ? Tu ne veux pas finir dans le tonneau à clous ? Tu feras ce que je te dis.
Elle caresse maintenant les bras sombres et cuivrés. Des veines courent et tressautent sur les muscles tendus et faits pour l'effort.
— Non ma'am, je lui dirai que c'est vous qui voulez !
— Et qui penses-tu qu'il écoutera ! Toi peut-être ? Tu n'es qu'un esclave ! Viens !
Et impérieuse, Madeleine attire Athanase sur les sacs de haricots entassés au sol.

Avec tout ce qu'elle possédait, il fallait encore que Madeleine eût la seule chose qui lui apportât un peu de bonheur. Sa maitresse n'avait rien laissé paraitre, mais Athanase n'avait pu cacher plus longtemps son lourd secret.
Délia ne pouvait qu'aider Madeleine. Si l'enfant à venir était aussi jaune que l'était sa fille, Antoine n'aurait aucun doute sur la paternité et sur la culpabilité d'Athanase. Il était inutile de songer à se

La Roxelane

défendre. Le châtiment serait terrible. Un esclave ayant engrossé une femme blanche avec son consentement. C'était inconcevable. Antoine ne croirait jamais et ne voudrait pas croire que Madeleine avait fauté. Il était dupe de ses yeux narquois et pervers, de ses airs faussement innocents, de ses sourires enjôleurs, de ses regards en coin. Il restait aveugle à son dédain et à son insatisfaction permanente. Quand tous voyaient comme elle le méprisait et était insoumise.

Elle dirait que l'esclave l'avait forcée et qu'elle n'avait pas osé le dire à Antoine.

Oui, il faudrait aider Madeleine. Si Athanase mourrait, Délia mourrait elle aussi. Elle n'aurait plus d'espoir et plus de raison de survivre.

Antoine est heureux. Il se balance sur le rockingchair sur la véranda dans la touffeur du soir qui descend. Le ventre de Madeleine s'arrondit. Il aura bientôt un héritier. Il ne pense pas à l'éventualité d'une fille. Ce ne pourra être qu'un garçon. Il faut que ce soit un garçon.

Quelle revanche sur son destin ! Il est aujourd'hui plus riche que son frère qui peine sur le domaine familial. Que de chemin parcouru, que de souffrances endurées pour en arriver là ! Il bourre sa pipe de pétun[12] et tire sur la première bouffée avec satisfaction.

Les volutes de fumée s'élèvent dans l'air tiède et s'évaporent doucement.

---

[12] tabac

Plus tard dans la nuit, Madeleine s'avance dans la rue case-nègres[13], la tête et les épaules couvertes d'un châle. Elle est accompagnée de Délia sa chambrière. Délia frappe à la porte d'une case un peu à l'écart.

— Sé qui moun ?
— Sé Délia ! ouvè vit man'Tine[14] !

Une esclave sans âge ouvre la porte. Elle considère la silhouette blanche et le visage livide. Elle s'efface pour laisser entrer Madeleine. Délia se glisse à sa suite.

— Pèsonn pa wè zot ?[15]

Délia secoue la tête.

— Je sais pourquoi tu viens, dit la vieille esclave à Madeleine.

— Fais quelque chose ! Je t'en prie !

La vieille lève la main.

— Assieds-toi.

Madeleine s'assied sur le banc de bois au centre de la case. Sans la toucher la femme passe les mains au-dessus du front blême et d'une voix grave et profonde, chantonne une mélopée inconnue. Ses yeux se révulsent. On ne voit que le blanc. Madeleine retient à grand peine un cri d'horreur. Mais comme des serres, les mains râpeuses de la vieille agrippent les poignets de la femme blanche, puis lui intiment silence. Les mains noires et ravinées continuent leur danse le long

---

[13] Cases des esclaves
[14] Qui est-ce ? C'est Délia ! Ouvre vite Man tine (Diminutif d'Ernestine)
[15] Personne ne vous a vues ?

La Roxelane

du visage blafard, s'attardent sur le ventre arrondi, s'écartent, reviennent autour du visage. Elles saisissent un bouquet d'herbes odorantes et le secouent le long du corps de Madeleine. La vieille est en sueur. Elle chante de plus en fort. Maintenant elle danse autour du banc tout en tournoyant sur elle-même. Elle continue son manège encore quelque temps, puis s'arrête brusquement.

— Il n'y a rien à faire. Il est trop tard. Le terme est pour bientôt. Ton enfant vivra.

— Non ! crie Madeleine. Je ne veux pas !
— Tu n'y peux rien. Et moi non plus.
— Je te ferai fouetter, vieille folle !
— Et tu diras pourquoi au maitre ?
— Il ne te croira pas !
— Mais il croira quand il verra l'enfant.

Les épaules de Madeleine s'affaissent. Elle éclate en sanglots.

— Maitresse, rentrons.

Délia entoure la frêle silhouette au pas alourdi. Les deux femmes regagnent la grand 'case[16] dans la nuit noire.

---

[16] Maison du maitre

Sur son lit, les cheveux en désordre, trempée de sueur, Madeleine se tourne et se retourne, torturée par la douleur. Le travail a commencé, la délivrance est proche. De qui est l'enfant à naître ? Comment savoir ? Si jamais... Oh Dieu tout puissant ! Qu'adviendra-t-il d'elle ?

Ses cris résonnent dans toute la maison. Ils volent au-dessus du jardin et de la vaste pelouse. Ils se répandent à travers les collines alentours. Ils s'étalent assourdis aux dessus des cannes où s'échinent les esclaves. Ils arrivent aux oreilles d'Antoine qui parle au contremaitre. Il tourne bride et éperonne son cheval. Il galope vers la maison. Athanase baisse la tête et fait siffler son coutelas sur les tiges sucrées. L'esclave tout proche de sa rangée lui lance un regard lourd et inquiet. Antoine saute de cheval et se précipite vers l'escalier.

Partout dans la maison, un va-et-vient de femmes portant des bassines d'eau chaude. Elles reculent au passage d'Antoine.

Délia court à la porte de la chambre. Antoine a le temps d'apercevoir le désordre des draps tachés de sang, les jambes nues de Madeleine, ses mains qui agrippent sa chemise.

— Non maitre, il ne faut pas entrer ! Ce n'est pas fini.

Effrayée de sa propre audace, Délia attend la réplique d'Antoine. Mais un nouveau hurlement traverse la porte. Les cris le poursuivent tandis qu'il redescend l'escalier. Sur la véranda, il marche de long en large. Se ravise. Rentre dans le salon où il se sert

une rasade de rhum qu'il avale d'un trait. Il s'appuie à la table, étourdi. Retourne sur la véranda.
Un hurlement encore plus strident que les autres le fait se crisper. Il brise le verre dans sa main.
Puis plus rien et brusquement les vagissements d'un bébé. Antoine remonte l'escalier en courant.
Une autre esclave est devant la porte. Antoine la pousse sans ménagement.
— Madeleine ! appelle Antoine.

Madeleine est haletante, défaite, le visage hagard. Délia est debout près d'elle, un paquet emmitouflé dans les bras.
Sans rien dire, elle tend le paquet à Antoine. Il écarte la cotonnade qui entoure le visage de l'enfant. Il ouvre un peu plus le tissu. C'est un garçon. Les traits délicats, les sourcils hauts, la peau rouge et fripée. La plénitude envahit Antoine.
Il se penche vers Madeleine.
— Vous m'avez donné un fils. Merci madame. Nous l'appellerons Enguerrand comme mon grand-père. Enguerrand de Bourdeuil.

Il rend le nourrisson à Délia. Qui s'empresse.
Antoine quitte la chambre après avoir déposé un baiser sur le front de sa femme.
Dans la pièce le soulagement est perceptible.
Personne ne dit mot. Délia sort précautionneusement des langes le paquet vagissant. Elle lave l'enfant à l'eau tiède. La tâche brune qui s'étale à droite du nombril du bébé lui fait froncer les

sourcils. Emilienne sa fille en a une semblable au creux des reins.

L'enfant est blanc. C'est incontestable. Les traits sont fins et le duvet qui recouvre le crâne n'a rien d'ondulé.

Alors pourquoi cette tâche ? Elle hausse les épaules tandis qu'elle essuie délicatement le petit être. Surement une « envie », comme disent les maitres. Une « envie » que la mère n'aurait pas satisfaite durant le temps de l'enfantement.

Saint-Pierre, 1685

Des rires parviennent du jardin. Délia se penche à la fenêtre de la chambre abandonnant le rangement des draps dans l'énorme armoire. Les deux fillettes s'amusent sur la balançoire suspendue au figuier. Elles rient aux éclats tandis que la plus grande pousse la petite qui malgré le vertige, réclame avec ravissement « Plus haut ! Encore ! Encore ! »
— Héloïse, pas si fort ! Appelle Délia.
La plus grande des enfants tourne la tête vers la fenêtre.
— Ce n'était pas fort, Da[17] !
— Je descends tout de suite, réplique Délia.
Héloïse, l'ainée des filles d'Antoine est chétive et maladive. Elle est née deux ans après Enguerrand. La robe longue à volants ne parvient pas à cacher la maigreur des mollets. Ses ternes cheveux châtains sont relevés en bandeaux de chaque côté de ses oreilles. Des taches de rousseur piquettent ses joues. Son prénom lui a été donné en souvenir de sa tante, la sœur chérie de son père.
Rose, la plus jeune, porte encore les rondeurs de la petite enfance. Les joues rougies de plaisir, elle se précipite vers Délia :
— Da, c'était si bien là-haut ! On pourra recommencer dis ?
Délia prend la petite dans ses bras,

---

[17] Diminutif créole affectueux que donnent les enfants à leur nourrice

— Oui mais pas si haut, sinon votre maman sera fâchée.
— Oh Da, ce n'était pas dangereux.
Délia soupire, et s'écarte un peu pour regarder Rose. Elle a hérité des yeux violets de sa mère. Vive et délicieuse, toujours enjouée, elle fait la joie de tous à l'habitation. Délia a mis au monde les trois enfants vivants de Madeleine, Enguerrand, Héloïse et Rose. D'autres sont venus qui n'ont pas supporté les fièvres infantiles et n'ont pas survécu.
— Venez mes chéries, c'est l'heure de se rafraichir.
Délia prend Héloïse par la main et Rose dans les bras se dirige vers la grand' case. Elle monte l'escalier menant à la chambre des fillettes.

Elle verse de l'eau tiédie dans une bassine de fer blanc, puis à l'aide d'une fine cotonnade, entreprend de les débarbouiller. Elle change leurs vêtements, les recoiffe et s'apprête à les conduire dans la salle à manger. Elle s'occupe avec plaisir de ces enfants qui ne sont pas les siennes.

Elle n'a jamais pu se résoudre à accepter le fruit de son infamie. Emilienne, sa fille, a grandi. Elle vit et travaille avec les blanchisseuses du petit atelier qui descendent à la Roxelane. Toute la journée, sous le soleil, les pieds dans la rivière, elles lavent les draps et les vêtements des maitres qu'elles font sécher sur les rochers. Elles remontent le soir à l'habitation, les paniers de linge fraîchement plié en équilibre sur leur tête. Elle l'aperçoit à son retour dans la rue case'nègres.

Pendant longtemps Délia a cru qu'Antoine vendrait Emilienne, mais il l'a gardée pour un meilleur profit. Elle a donné naissance à deux autres enfants qu'elle chérit. Ceux de son amour, Mbayé. Ce sont des jumeaux, chose fréquente chez son ethnie. Ils sont sa joie et sa fierté et provoquent un manque douloureux en elle quand ils ne sont pas sous son regard. Leur tendre peau lustrée et leurs grands yeux veloutés font son bonheur. Elle tremble tous les jours pour eux, de crainte qu'Antoine ne les vende et ne sépare leur fragile famille.

La journée, ils sont occupés à des tâches du petit atelier, ramasser la bagasse de la canne, tenir les outils propres, garder les bœufs. Sans leur mère pour les guider et leur montrer le chemin. Elle les retrouve le soir toujours avec soulagement. Ils dorment tous les trois sur la même paillasse en se serrant. Quand elle souhaite la présence d'Athanase pour des moments d'amour, elle se rend en catimini dans sa case. Elle a dû donner le nom du père quand les enfants sont nés. Antoine a soupiré en l'entendant. Il a été obligé de les faire baptiser selon la nouvelle ordonnance royale et leur donner des prénoms chrétiens avant de les inscrire dans ses registres. Ils s'appellent Jacques et Gabriel, mais Athanase les a reconnus selon la coutume de sa tribu en leur donnant leurs prénoms wolofs.

C'est leur secret. Leurs ibeyi[18] Jacques et Gabriel s'appellent Sekou et Senghane. Et Naomi Délia murmure fièrement les syllabes aimées durant les nuits

---

[18] Jumeaux

où elle les presse contre elle. L'étrangeté de ces petits êtres, qui se comprennent sans se parler, a suscité la méfiance chez certains esclaves. Evariste n'a pas manqué de proclamer qu'ils porteraient malheur à l'habitation si Antoine les gardait. Mais celui-ci a haussé les épaules en pestant contre les superstitions africaines.

La porte s'ouvre brusquement. C'est Madeleine.
— Maman ! crie Rose. Qui se précipite dans les jambes de sa mère.
— Allons, un peu de tenue Rose, jette Madeleine, agacée. Quelle était la cause de tout ce vacarme ?
— On jouait à la balançoire et Héloïse m'a poussée très haut ! C'était bien !

Madeleine écoute à peine et se tourne vers Héloïse restée à l'écart. Ses lèvres se pincent, son menton se redresse. Après une brève inspection de la tenue d'Héloïse, elle retourne à ses occupations.

Madeleine a gardé sa taille de guêpe. Sa peau est restée préservée des rigueurs du soleil. Une légère ironie flotte en permanence sur ses lèvres lui donnant un air désabusé, mais ses yeux violets n'ont rien perdu de leur éclat. Elle reste étrangement belle. Dans les salons, les hommes se damneraient pour un regard ou un de ses sourires. Il se murmure d'ailleurs qu'elle n'est pas si farouche, une fois tombés les grands airs qu'elle se donne.

Enguerrand se sent bien devant la fournaise de l'atelier. L'appentis ouvert sur deux côtés laisse passer

La Roxelane

les alizés bienfaiteurs. Le premier né d'Antoine est un bel enfant, vif et curieux.

Il observe avec passion le mouvement incessant du forgeron sur le fer incandescent qu'il frappe à petits coups, tout en le tordant d'une jolie courbe. Le ferronnier, nègre à talent[19], le supplie :
— Ti Missié, faut pas rester là. C'est pas ta place.
— Père ne dira rien, j'en suis sûr, réplique l'enfant. L'esclave sourit.
— Ah! Tu es têtu ! D'accord, mais ne reste pas près du feu.

Enguerrand secoue la tête et sa lourde frange balaie son front d'un côté et de l'autre au gré du vent. C'est vrai qu'il est heureux dans la rue case nègres ou près des chaudières de la sucrerie. C'est mille fois plus intéressant que de rester à la grand' case avec les femmes. L'odeur sirupeuse du sucre, qui passe de cuve en cuve, les bulles épaisses qui viennent crever la surface, la tendre couleur caramel que prend d'abord le jus odorant. La concentration des cuiseurs et des raffineurs, affectés à la cuisson. Le maniement des écumoires, des cuillers, des becs de corbin, des grandes louches. Tout lui plaît.

Quand son père ne l'emmène pas dans les collines pour inspecter les champs ou lancer le travail aux contremaitres, c'est son occupation favorite. Les esclaves d'ailleurs lui parlent volontiers et parfois l'un

---

[19] Esclave qui avaient un talent particulier et que le maitre pouvait affranchir.

d'eux lui fait un menu présent. Il a gardé longtemps une petite statuette que lui avait sculptée le maître charpentier.

Mais quand Madeleine a découvert le jouet de bois, elle l'a jeté au loin en s'indignant des « horreurs et diableries des nègres ». Enguerrand a beaucoup pleuré, puis s'est juré de mieux cacher ses trésors.

Sa mère lui a défendu de se distraire en compagnie des Noirs, mais Antoine a haussé les épaules en faisant remarquer qu'il aurait à les mener plus tard. Autant qu'il commence à fréquenter leur voisinage le plus tôt possible.

Enguerrand adore les chevauchées dans les collines. Il monte un jeune hongre espagnol offert par son père. Il pose mille questions sur ce qui l'entoure. Pourquoi fouette-ton les esclaves ? Est-ce parce qu'ils sont noirs ? Il n'y a pas de blancs dans les cannes ? Il n'y a que les commandeurs qui sont à cheval ? Et le sucre pourquoi en fabrique-t-on autant ? Si on n'a pas besoin d'en manger tout le temps ?

On l'envoie en France !? C'est où la France ? Comment y va –t-on ? Ira-t-il lui aussi ? Il aimerait bien naviguer sur un navire comme le capitaine de la goélette qui emporte les barriques ! On ne peut pas à cause des Anglais ? Mais les soldats y vont bien, eux ! Ils ont des canons ? Eh bien pourquoi on ne peut pas embarquer sur les navires des soldats !? Parce que c'est dangereux ? Mais pourquoi…

Antoine est heureux. Son fils le venge des duretés de la vie, des affronts de Madeleine, de sa déception. Son intelligence le ravit. Il répond à ses questions en veillant à lui enseigner son rôle et la condition supérieure qui est la leur en tant que Blancs. Enguerrand ne comprend pas toujours. Pourtant le prêtre dit que tous les hommes sont frères. Pourquoi frappe–t-on son frère alors ? Antoine dit que les Noirs ne sont pas des hommes. Ils ne sont pas chrétiens. Pourtant, on les baptise ? Et on les emmène à l'église ? Oui mais ils restent à la porte. La preuve, c'est que parfois le soir, ils jouent du tambour et font un vacarme tel qu'on croirait tous les diables de l'enfer. D'ailleurs on ne comprend pas ce qu'ils chantent. Et puis c'est comme ça. Les Blancs sont les maitres, les Noirs sont esclaves. Dieu l'a voulu ainsi et a mis chaque homme à la place où il doit être. Enguerrand s'étonne. Pourtant le prêtre dit que Dieu est amour. Pourquoi permet-il cela alors ? C'est ainsi, rétorque Antoine.

Ils se dirigent vers le versant nord du morne. Les ateliers sont au travail depuis l'aube. Les Noirs harassés n'ont pas de répit. Le commandeur guette la moindre défaillance pour mieux la réprimer. Antoine met pied à terre et se dirige vers lui.
Enguerrand court vers les esclaves. Un frémissement parcourt la rangée d'hommes épuisés. L'enfant reconnaît plusieurs d'entre eux. Il s'approche d'un grand Noir au teint rouge, qui lui coule un regard de côté. Tu travailles beaucoup, tu es fatigué n'est-ce-pas ? L'homme ne répond pas. Enguerrand insiste. L'esclave ne peut pas continuer sa coupe, l'enfant est trop près, il le blesserait. Pour qu'il s'éloigne et ne lui attire pas les foudres du commandeur, l'esclave

répond que c'est ainsi. Mais l'enfant n'est pas décidé à s'en aller. Tu aimes ce travail ?

Athanase se retourne enfin, hésitant, fier. La captivité et les travaux de la terre l'ont marqué, mais il reste imposant et garde sa belle stature. Ses yeux semblent regarder à l'intérieur de lui-même, quand il répète lentement, ce travail ? Nous sommes esclaves ici. Nous ne travaillons pas. Vous êtes les maitres, nous sommes esclaves, par votre volonté. Enguerrand est saisi par la gravité de l'homme et sa douceur. Ils se regardent intensément. Athanase sourit. Tu devrais retourner près de ton père.

Après un dernier coup d'œil à Athanase, Enguerrand rejoint Antoine.

— Père, il est tard, ils peuvent rentrer maintenant ?

— Ce n'est pas toi qui décides mon fils et le soleil n'est pas couché. Ils travailleront tant qu'il fera jour.

IV - CHATIMENTS

Evariste s'avance vers le Fort bâti sur la rive droite de l'embouchure de la Roxelane. Il traverse le pont de bois, qui grince sous le poids des chevaux et des carrioles. Il porte une lettre d'Antoine au commandant de la milice. Il attend la réponse à l'extérieur de l'enceinte, devant les gardes.

L'estafette lui remet le pli cacheté, qu'il range dans sa sacoche de cuir. Il remonte à cheval et se dirige vers le Mouillage. Les marins et les commerçants sont à l'œuvre, la ville grouille d'une foule bigarrée qui se hèle et se bouscule.

Il franchit le seuil d'une taverne fréquentée par des flibustiers. Il en ressort quelques instants plus tard. Avec l'argent glané ici et là, il vient d'acheter deux mousquets. Bien enveloppés de tissu, ils sont en sécurité dans sa sacoche. Ils sont de facture britannique.

Athanase est tourné vers les cannes qu'il s'apprête à couper. Le nerf de bœuf qui vient fouetter le sol à ses pieds le fait sursauter. Antoine à cheval, le regarde sévèrement, tandis qu'Evariste l'air mauvais, palpe le manche du fouet.

— On a retrouvé ceci dans ta case. Qui te l'a donné ? lance Antoine en brandissant un mousquet.

— Mais maitre, je n'ai pas de fusil ! Ce n'est pas à moi !
— Ne mens pas ! Tu as vu les Anglais ! Ils t'ont donné des armes pour nous tuer tous ! Ils t'ont promis de te libérer si tu le faisais ?
— Maitre non ! ki manniè mwen pe wè lé anglè ! nou pé pa soti ici a ![20]
— Lâche ton coutelas, suis-nous !

Dans l'entrepôt, Antoine et Evariste interrogent Athanase tout le reste du jour et une partie de la nuit, sans pouvoir lui faire avouer avoir comploté avec les Anglais. Rien n'a pu lui faire reconnaître ce qu'il n'avait pas commis.

Le lendemain, Antoine a fait rassembler tous les esclaves en deux colonnes le long de la colline. Délia s'est suspendue à ses jambes, s'est trainée à ses pieds, le visage baigné de larmes :
— Non maitre ! Je vous ai toujours servi. J'ai élevé tous vos enfants. Ne faites pas ça !

Mais Antoine le regard dur, n'a pas faibli. Il a déjà fait fouetter Athanase. Qui n'a pas crié, ni demandé pitié. Après les coups, il n'a eu qu'un regard de mépris vers son maitre avant de lui cracher au visage. Les deux hommes se sont défiés du regard.
— Baisse tes yeux ! siffle Antoine entre ses dents. Baisse tes yeux !

Athanase continue de fixer celui qui l'a torturé et qui a droit de vie et de mort sur lui :
— Plus jamais !

---

[20] Comment j'aurais pu voir les Anglais ! On ne peut pas sortir d'ici !

La Roxelane

Délia court vers Madeleine, debout sous un flamboyant, ses trois enfants auprès d'elle. Les deux fillettes s'accrochent à ses jupes, mais Madeleine s'en rend à peine compte.

— Maitresse, pitié ! Je vous en supplie ! Dites au maitre de ne pas le tuer ! Je vous en prie !

Enguerrand secoue la main de sa mère. Il voit le tonneau, les esclaves rassemblés, les regards lourds, la mine fermée de son père.

— Mère ! Mère ! Que vont-ils lui faire ! Hein ? Que vont-ils lui faire ?

Il va de l'un à l'autre.

— Père ! Qu'allez-vous faire ?

Les lèvres serrées, Antoine ne daigne pas tourner la tête vers son fils. Puis il se ravise.

— Tu apprendras comment on châtie les traitres !

— Père ! Mais qu'a –t-il fait ?

— Il nous a trahis, il a voulu nous tuer, il mérite la mort.

— Mais vous n'allez pas le tuer n'est-ce pas ?

L'enfant roule des yeux affolés et retient à peine ses larmes. Antoine agrippe son fils aux épaules.

— Arrête de pleurer ! Je ne le tolérerai pas. Arrête tout de suite et comporte-toi dignement ! En maitre.

Enguerrand hoquète, les yeux agrandis d'horreur, ravale ses larmes et reprend sa place près de sa mère. Très pâle, hiératique, le visage impénétrable, Madeleine ne baisse pas les yeux vers Délia en pleurs.

Ni vers son fils, dont elle serre la main plus fort. Alors Antoine a ordonné le supplice du tonneau. Athanase n'a pas cillé. Deux esclaves s'apprêtent à le mettre dans un tonneau hérissé de clous à l'intérieur. Les esclaves le long de la colline frémissent et grondent.

Avant d'être enfermé, Athanase crie en langue wolof « Vengez-moi mes frères ! ». Antoine le frappe à la tête avec le couvercle de bois avant de fermer le tonneau. Il renverse et balance le fût du haut de la colline. Les hurlements de l'esclave vrillent aux oreilles tout le long de la mortelle descente. Les esclaves se précipitent. Ils sont écartés à coups de fouet par le commandeur. On ouvre le tonneau. Le corps d'Athanase n'est plus qu'une bouillie de chair déchiquetée. Son visage est méconnaissable. Les femmes hurlent en se tordant les mains, les hommes crient, révoltés par le châtiment effroyable donné par un maître qu'ils pensaient humain. Hébétée, Délia est broyée de douleur.

Désormais, la vision du supplicié hantera ses nuits. Toutes les nuits, les mêmes cauchemars et les mêmes paroles s'échapperont de la chair torturée, là où autrefois, les lèvres charnues susurraient des mots d'amour.

Le soir même du châtiment des sons lancinants résonnent sur l'habitation. Deux esclaves soufflent dans des conques de lambis pour annoncer la mort d'un des leurs et rendre hommage à Athanase. C'est un ultime acte de rébellion, une folie qui leur coûtera peut-être la vie, mais ils soufflent longuement, désespérément, pour espérer être pardonnés de n'avoir rien pu faire pour sauver Athanase.

Les notes plaintives et puissantes volent de morne en morne et gagnent les autres habitations. Elles s'entendent de loin dans le silence de la nuit. Antoine, furieux, veut faire cesser ces appels. Il charge Evariste de trouver les coupables et de les châtier. Les esclaves se sont rassemblés à l'écart, sous un fromager[21] imposant. Ils frappent en rythme sur des tambours qu'ils ont fabriqués. Les femmes murmurent des mélopées, tandis qu'elles dodelinent de la tête puis des hanches, en accompagnant les sons graves et secs.

Elles chantent pour appeler les ancêtres restés sur la terre d'Afrique. Un enfant de leur terre est mort, supplicié. Il n'est pas enterré, Antoine l'a défendu. Il ne trouvera pas le chemin qui mène à l'au-delà et au repos. Les ancêtres doivent traverser la mer et venir chercher leur fils.

Evariste hurle :
— Que faites-vous ! Rentrez tout de suite dans vos cases !

Des visages fermés et butés se tournent vers lui. Les femmes chantent plus fort, le visage courroucé. Les hommes continuent de battre du tambour. Evariste lance son fouet au hasard, la musique cesse. Antoine annonce:

---

[21] Arbre tropical

— Dorénavant, il sera interdit de vous rassembler ! Plus de tambours ! Plus de danses !

Lassé, il retourne se coucher. Les notes douloureuses des conques se sont éteintes et seul en résonne encore l'écho. Les cases sont maintenant sombres et silencieuses.

Les jours suivants, Délia accomplit ses tâches habituelles la tête bourdonnante des cris d'Athanase et absente d'elle-même. Le pas aussi lourd que si elle avait mille ans, elle rentre de la grand 'case. Les femmes chuchotent sur son passage en secouant la tête d'un air navré. Un soir, Philomène l'attend sur le pas de sa masure. Un affreux pressentiment l'envahit. Elle se met à courir.

— Qu'est-il arrivé ?

Elle bouscule Philomène pour entrer dans sa case. La vieille femme sur ses talons se tord les mains.

— C'est Jacques, ….

— Quoi, Jacques ?... Jacques !!! appelle-t-elle.

Mais elle a déjà compris. Dans l'obscurité de l'unique pièce, seul Gabriel la regarde sans la voir, ses grands yeux noirs perdus très loin. Un long cri de bête à l'agonie s'échappe de sa poitrine. Elle se précipite vers Gabriel et le serre à l'étouffer. Antoine a vendu Jacques, son enfant. La chair de sa chair. Ne lui laissant qu'une infime partie d'elle-même.

Dans la buanderie, un souffle imperceptible, une brusque densité de l'air, un bruissement plus sonore des feuillages à l'extérieur font sursauter Délia. Il n'y a pas de vent. Mais elle frissonne. Sa peau se hérisse. Il lui semble qu'un voile invisible caresse sa joue. Elle écarquille les yeux. Il y a quelqu'un ici avec elle. Elle se retourne de tous côtés. Personne. Pourtant elle est certaine de sentir une présence. Puis plus rien.

Une autre fois dans sa chambre, elle entend un gémissement ténu, une plainte continue qui siffle dans la pièce. On dirait que ce murmure devient audible, que des paroles s'élèvent. Délia interdite est trop stupéfaite pour réagir. Elle le reconnait. Ce souffle sur sa joue, cette odeur fraiche et épicée. Elle l'entend. Elle le rejoint quand il l'appelle. Elle lui prend les mains pour une ronde tourbillonnante. Ses pieds ne touchent plus terre. Ils s'élèvent ensemble et se fondent l'un dans l'autre. Il lui murmure des mots d'amour. Les mots d'autrefois. Elle sourit d'aise. Il l'entraine loin, hors de l'habitation. Ils s'échappent, ils sont libres ! Ils vont traverser la mer ! Prendre le passage du milieu dans l'autre sens....

Elle s'éveille sur sa couche. Seul Gabriel est endormi auprès d'elle. Il lui reste le souvenir de cette odeur reconnaissable entre toutes. Songeuse, elle resserre ses bras autour de ses genoux.

Une nuit, elle se réveille brusquement. Elle en est sure, il y a quelqu'un dans la case. Elle l'entend respirer et gémir. Elle allume la bougie à tâtons. Cette fois, elle veut en avoir le cœur net. Elle se lève, attentive et suspend son souffle.

— Qui est là ? Athanase ? Mbayé ? chuchote-telle.

Une ombre indistincte dans le fond de la pièce se redresse à son approche. Les contours sont flous, mais la stature est la même. C'est bien lui. Il est revenu. La peau a retrouvé son lustre, les blessures ont disparu, le regard laisse passer sa vivacité et sa force. Elle tend la main vers l'ombre.

— Mbayé !

Un immense soulagement l'étreint. Il n'est pas parti, il est avec elle. Elle pourra le voir, lui parler.

— Non, recule-toi ! Ce n'est pas ton heure. Ecoute bien. Je n'ai pas beaucoup de temps. Les ancêtres ne m'ont pas encore montré le chemin. Ils me soufflent que je n'ai pas encore tout accompli. Alors écoute. Ecoute-moi.

Et Délia est emportée par les paroles de l'ombre qui autrefois lui parlait de l'Afrique...

— Maitre, les esclaves sont inquiets.
— Ils sont inquiets de quoi ?

Gêné, Evariste se dandine devant Antoine et baisse les yeux. Antoine reprend :

— Inquiets de quoi ?
— Ils disent ... ils disent qu'il y a des esprits qui rôdent sur l'habitation.
— Des esprits ! Fadaises ! Les esprits de qui ? Encore des sornettes et des superstitions d'Afrique ! Ramène-les au travail et fouette-les s'ils ne vont pas assez vite !

Evariste n'a pas bougé, embarrassé. Antoine lève les yeux.

— Tu es encore là ?

Evariste hésite encore, ouvre la bouche pour parler, mais le regard dur d'Antoine l'en empêche. Soumis, le commandeur tourne lourdement les talons.

Près de la mare, les cadavres des bœufs gisent le ventre enflé et dégagent déjà une odeur pestilentielle. Les esclaves chargés de les garder regardent de tous côtés espérant trouver la cause du mal. Les abords sont déserts.

L'un d'eux se baisse près de l'énorme taureau effondré le museau dans l'eau. Il plonge son doigt dans l'eau et le porte à ses narines. Il hoche la tête, se relève et jette un regard entendu aux autres. Alors la petite colonne se met à couvert sous les cannes, puis s'élance à perdre haleine vers les halliers au loin, vers la montagne.

Dans la chambre d'enfants, Délia contemple les corps sans vie des petites filles. Cela devait arriver. Cela devait forcément arriver. Antoine a été inhumain. Il n'aurait jamais dû.

Elle se tord les mains et une longue plainte s'échappe de sa poitrine. Madeleine accourt et reste stupéfaite devant le spectacle. Interdite, elle s'agenouille au chevet de Rose. Le visage bleui de l'enfant et ses lèvres gonflées ne laissent pas de doute. Elle est morte. Héloïse à ses côtés présente la même affreuse apparence.

— Oh mon Dieu ! Madeleine horrifiée se couvre la bouche des deux mains. Brusquement elle songe à son fils. Enguerrand ! hurle-t-elle.

— Oui mère.

L'enfant, les yeux ensommeillés est debout près de la porte.

— Merci mon Dieu, souffle Madeleine.

La Roxelane

Elle presse son fils contre elle. Enguerrand a eu le temps de voir toute la scène. Délia en larmes. Ses sœurs couchées dans leur lit mortes. Empoisonnées. Tous les esclaves de l'habitation sont regroupés dans la cour. Antoine hurle, fou de douleur.
— Qui a fait ça ? Comment avez-vous osé ?!
Vous en prendre à mes enfants !
Aucun d'eux ne pose de question, comme s'ils savaient de quoi ils allaient être accusés. Aucun ne parait craintif. Ils gardent les yeux baissés par habitude. Mais une défiance nouvelle est perceptible dans leur posture. Ils sont debout et droits. Antoine crie de nouveau.
— Si le coupable ne se dénonce pas je vous ferai pendre les uns après les autres !
Mais seul le silence lui répond.
Il désigne les esclaves tout proches.
— Lui ! Lui et lui ! crie t-il au commandeur.
La corde était déjà prête. Trois hommes sont pendus au flamboyant du jardin devant tous les autres. La fureur muette des esclaves répond au désir de vengeance d'Antoine. Il attrape le fouet des mains du commandeur et frappe au hasard les corps devant lui. Les esclaves touchés se protègent à peine en détournant le visage. Pas un n'a crié. Il baisse les bras et jette rageusement le fouet. Il ordonne que les esclaves soient ramenés dans les cases' nègre.

La colonne s'achemine vers les cannes. Mais aujourd'hui, elle n'est pas menée par le commandeur. Evariste a disparu. Personne ne l'a vu depuis la veille et ce matin, il n'était pas à les harceler du fouet en leur jetant ses regards mauvais. Antoine a dû se résoudre à désigner un autre homme au hasard. Il ne sait pas sur lequel compter. Il n'a pas envie de mener la colonne, il voudrait réfléchir, trouver le coupable, lui infliger les punitions du plus cruel raffinement et le laisser agoniser dans les souffrances pour montrer à tous les autres qu'on ne peut pas s'en prendre impunément aux blancs.

Le premier esclave de la colonne s'arrête brusquement à la sortie de l'habitation. Et tous s'arrêtent à sa suite. Là, dans le jour naissant, sur le tronc d'un flamboyant est adossé un corps. Cloué à l'arbre à mi-corps par une fourche. Les deux mains coupées. Une mare de sang dans l'herbe. Le liquide sombre continue de goutter des deux moignons et des quatre plaies du ventre. Des chiens se pressent autour du cadavre.

C'est Evariste. Le commandeur.

Il a dû hurler avant de se vider de son sang et pendant qu'il se voyait mourir. Pourtant personne n'a entendu crier cette nuit-là. Comment est-ce possible ?

Antoine est prévenu. Devant l'horreur du spectacle, il se fige. Il est tenté de manier le fouet, de faire pendre quelques esclaves pour l'exemple. Mais il s'attaquerait lui-même à son bien, en attendant le prochain arrivage. Il sait que pas un esclave ne parlera. Tous détestaient Evariste.

Il ordonne à deux esclaves de déclouer le corps. Tête basse, ils obéissent mollement.

— Au feu ! Au feu !
Les cannes sont en feu. De hautes flammes embrasent l'horizon, où que l'on se tourne. Des crépitements sinistres s'entendent de tous les côtés. La récolte tout entière est en train de bruler. Antoine hurle, les yeux exorbités. Tout le travail d'une année part en fumée. Le feu l'a surpris dans son sommeil.
Madeleine près de lui contemple le désastre.
— Vite ! De l'eau ! De l'eau ! Antoine enfile ses bottes et se précipite hors de la chambre.
En bas, les esclaves courent en tous sens, affolés. L'incendie ne touche pas que les cannes. La maison aussi. Le feu attaque la terrasse et les galeries. Il faut fuir. Madeleine échevelée l'a rejoint au bas de l'escalier. Une épaisse fumée trouble la vue, pique les yeux. En toussotant ils parviennent à sortir de la grande pièce d'apparat. Les meubles sont déjà la proie des flammes.

Au bas de la colline, la rue case'nègre fourmille. De noirs fantômes s'expulsent des cases et courent vers la maison du maitre. Ou s'enfuient vers la montagne. Le nouveau commandeur, aussi égaré que les autres esclaves, comprend enfin l'ampleur du sinistre. Il ordonne de puiser l'eau des bassins pour éteindre les flammes. Mais ce n'est pas une tâche humaine. Seule une puissance divine ou infernale pourrait en venir à bout. Le feu a déjà pris les collines d'assaut. On y voit comme en plein jour. Des

La Roxelane

flammèches emportées par le vent volent et propagent l'incendie à une vitesse folle.

La superbe maison qui faisait la fierté d'Antoine croule sous les assauts des flammes. Et inexorable, vorace et cruel, le feu dévore la nuit. Au petit matin les dégâts apparaissent dans toute leur horreur. Tous les champs ont brulé. Et ne sont plus que sol calciné. Quelques cannes noircies se dressent dans les fumerolles. La fière demeure est démembrée. Il n'en reste qu'un tas de poutres enchevêtrées et brulées. Même les palmiers royaux de la grande allée n'ont pas résisté. Certains dressent leurs moignons vers le ciel. La plupart tels des géants terrassés gisent au sol, dans la cendre grisâtre.

Alors Antoine tombe à genoux sur le sol encore fumant, prostré. De lourds sanglots secouent ses épaules, tandis que le feu souverain continue son œuvre destructrice.

Deux jours plus tard, les planteurs sont rassemblés à la maison du Conseil à Saint-Pierre. Plusieurs sont d'avis qu'il faut organiser une battue avec la milice. Certains suggèrent de lui adjoindre des molosses de Cuba. Ils sont les meilleurs limiers pour traquer les marrons.

Des colons sont sceptiques. Tous les esclaves ne se sont pas révoltés et si des habitations ont brûlé, c'est en représailles contre les mauvais traitements. Mais cela, tous en conviennent, ne doit pas se reproduire, sinon ce serait la fin de la colonie, la fin de leur monde. Il faudra se battre sans merci contre le marronnage.

La Roxelane

Les ressources sont rares hors de l'habitation. Les esclaves en fuite ne peuvent attendre aucune aide une fois à l'extérieur. Tous les blancs, mêmes les plus pauvres, partagent les mêmes idées et les mêmes craintes que les maitres esclavagistes. La peur d'une révolte des Noirs. La peur du poison. Aucun blanc aussi libéral soit-il ne consentirait à cacher un esclave marron. Les représailles seraient aussi terribles pour lui que pour l'esclave. Mis au ban de la société, sa famille déchue, il ne pourrait plus prospérer dans le cercle fermé des colons.

Après de courtes délibérations, les miliciens décident de donner la chasse dès le lendemain. Avec les commandeurs en tête. Ils sont capables de repérer les traces des marrons dans les halliers et les forêts de la montagne.

Antoine est d'humeur sombre. Son hébétude suite au meurtre de ses filles, à l'empoisonnement de son bétail, à l'incendie de la Grand' Case et des champs de cannes a fait place à la fureur puis à une envie de vengeance froide et irraisonnée. Ils vont payer ! Les sales nègres vont payer pour tout ce qu'ils lui ont fait !

Comment peuvent-ils se permettre de s'en prendre à son bien quand lui, le maitre a tout pouvoir sur eux ? Quand il les a nourris ?

Heureusement par on ne sait quel hasard, Enguerrand le bel enfant brun a échappé à l'empoisonnement. Enguerrand, son héritier, à qui il laisserait l'habitation afin que sa famille retrouve de ce côté des océans son lustre disparu. Antoine compte bien reconstituer sa fortune au plus tôt. Avec la vente des stocks de l'année précédente, il peut tenir jusqu'aux plantations à venir et attendre la prochaine récolte.

Dans la semaine qui suit l'incendie Antoine et Madeleine dorment dans un appentis construit à la hâte par les esclaves qui sont encore sur l'habitation. Ceux qui restent sont sous bonne garde des commandeurs. La nuit, Antoine garde son fusil à portée de main.

Menée par les charpentiers de marine, la reconstruction de l'habitation peut commencer.

Madeleine vient de héler encore une fois Délia qui n'arrive pas assez vite. L'esclave est brusquement devant elle. Quelque chose dans sa mine force Madeleine à suspendre ses remontrances. Elle ouvre la bouche, sans pouvoir dire un mot, interdite devant le regard de pure haine de Délia. L'esclave prend la parole la première, d'une voix lente et monocorde.

— Je les ai tuées. Toutes les deux. Ce n'est pas moi qui ai versé le poison, ni qui l'ai fabriqué, mais je les ai tuées. Je les ai tuées par ma seule volonté.

— Que dis-tu ?!

— Je voulais qu'elles meurent pour que tu souffres comme j'avais souffert. Je le voulais si fort, que la quimboiseuse[22] l'a vu. Elle l'a vu dans mes yeux. Elle a vu mon désir de vengeance Quand j'ai compris ce qu'elle allait faire, je n'ai

---

[22] Sorcière, jeteuse de sorts

pas eu la force, ni l'envie de l'arrêter. Que tout arrive enfin. Que tout se fasse comme il se doit. Deux petites vies insignifiantes contre celle d'un homme vaillant. Et celle de mon enfant.

— Tais-toi ! Tu es devenue folle !

Délia continue sans entendre Madeleine.

— Je n'ai rien dit quand tu as voulu prendre Athanase une première fois. Il disait que ce n'était rien, que tu n'étais rien. Ton corps sec et blanc ne lui avait rien inspiré. Tu n'avais même pas la braise de l'amour dans les reins. Il disait qu'il avait dû penser à moi pour te prendre comme tu le voulais. Tu avais tout, maitresse. Tu avais tout. Mais il te fallait encore Athanase. Et toutes ces autres fois…. Je t'ai aidée plus tard à essayer de faire descendre l'enfant. Mais ce n'était pas pour toi, c'était pour Athanase.

Madeleine furieuse se dresse devant elle.

— Délia ! Oh ! Délia ! Comment oses-tu ? Tais-toi ou je te fais fouetter. Enguerrand est le fils d'Antoine ! Il n'est pas noir !

— Il n'y a que le maitre pour ne pas voir que l'enfant n'est pas de lui. Tous ici le savent.

— Tu as parlé ?! Tu m'as trahie !

— Je n'en ai pas eu besoin. Nous voyons les choses que vous ne voyez pas. Perdus que vous êtes dans votre vanité. Mais n'aie pas peur, Enguerrand vivra. Personne à la Roxelane ne lui fera de mal.

La Roxelane

Tu ne t'es pas demandée pourquoi lui seul avait été épargné par le poison ? Quand il était si facile de le tuer lui aussi ? Il nous vengera tous. Un mulâtre qui commande une habitation ! Quand le maître blanc est si fier de sa race.

Madeleine blanche comme la mort tombe à terre, se tord les mains.

— Que t'ai-je fait ? J'ai toujours été bonne avec toi.
— Tu as tué Athanase ! Et tu as vendu mon enfant !
— Ce n'est pas moi ! Il a été jugé coupable ! Et Antoine n'a vendu qu'un seul des jumeaux !
— Tu aurais pu le sauver si tu avais voulu. Tu aurais pu les sauver tous les deux. Le maître fait toujours tout ce que tu lui dis. Tu n'as rien dit, même quand je t'ai suppliée. Tu ne penses qu'à toi. Qu'est-ce que tu crois ? Que nous sommes insensibles comme des animaux ? Nous ne sommes pas des animaux, nous sommes des hommes. Tu le sauras maintenant.

Madeleine s'agrippe au fauteuil proche d'elle, se relève, siffle :
— Je te ferai pendre !
— Il y a longtemps que je suis morte !

Délia tourne les talons. Madeleine reste longtemps prostrée sur le fauteuil. Quand elle reprend ses esprits, elle ne sait pas combien de temps elle est restée là sans bouger. Elle se précipite à l'extérieur en appelant.

Délia est déjà loin. Elle marche depuis de longues minutes hors de l'habitation. Elle a suivi un moment la trace qui mène vers Saint-Pierre, avant de

La Roxelane

bifurquer sous les grands arbres. Des aboiements résonnent au loin. Elle se met à courir, droit devant elle dans la forêt de la Montagne. Les ronces griffent son visage, s'enroulent autour de ses jambes, lacèrent ses vêtements. Elle sait où elle va. Les aboiements des chiens sont indistincts, mais les molosses seront bientôt sur ses talons. Elle n'en a cure. Elle veut seulement arriver là-bas avant qu'ils ne la rattrapent, mue par une sauvage détermination. Ses pieds nus trouvent le chemin parmi les pierres et les racines des fromagers[23]. Elle est portée, accompagnée par la voix de son amour. Elle l'entend. Son souffle lui caresse tendrement la nuque, l'enveloppe, lui murmure « Va ! N'aie pas peur ! Va ! » Alors elle continue de courir, sentant à peine les morsures des ronces.

Des lianes viennent fouetter son visage. Elle les écarte d'une main impatiente. Les aboiements se rapprochent. Elle entend les voix qui ordonnent, qui pressent les chiens de trouver la piste. Elle progresse vers son but, inexorablement. Elle y sera avant eux. Elle murmure : « Me voici Mbayé, j'arrive ».

Dans la trouée surprenante de lumière après la touffeur des sous-bois, le ciel apparaît, d'un bleu éclatant au-dessus de l'abîme et du vide vertigineux. Les chiens tournent en rond en tirant sur les laisses. Ils jappent piteusement. La trace est perdue. Elle s'arrête net. Juste avant le tombeau des Caraïbes.

---

[23] Arbres de la forêt tropicale

Les hommes s'approchent du bord de la falaise. Au pied des éboulis, une cinquantaine de mètres plus bas, sur les rochers émoussés de la ravine, gît le corps sans vie de Délia.

La corolle blanche de sa robe s'étale autour de ses jambes désarticulées.

Avant elle, dit la légende, les guerriers Caraïbes s'étaient jetés du haut de la falaise pour ne pas être réduits en esclavage par les Blancs. Leur chef avait lancé avant sa chute « la montagne de feu me vengera ».

Madeleine tremble de rage. Sa vengeance lui a échappée. Elle est à peine soulagée de la mort de Délia qui ne parlera plus. Le sort qu'elle lui réservait aurait calmé sa colère. Pour qui se prenait-elle cette esclave qu'elle avait choyée ? De quel droit venait-elle la juger ? Madeleine était la maitresse et faisait ce qu'elle voulait ! Elle n'avait de compte à rendre à personne. Ce benêt d'Antoine ne pouvait rien deviner et Délia avait menti. Comment Enguerrand pourrait-il être noir ? Comment ces rares fois avec Athanase aurait pu faire d'elle une fautive répudiée ? Délia disait n'importe quoi pour lui faire mal.

Mue par un pressentiment soudain, elle se lève et appelle son fils, le dernier enfant qu'il lui reste. Son préféré depuis toujours. Ce garçon qui flatte aussi son orgueil de femme.

Enguerrand ne répond pas. Il n'est pas dans la maison. Ni sur la véranda. Sans réfléchir elle court à la sucrerie. Sans penser à prendre une ombrelle pour protéger son teint. Ou demander la carriole pour ne pas aller à pied.

Oubliant toute retenue, elle relève ses jupes pour aller plus vite sur le chemin caillouteux. Elle sait qu'elle le trouvera là-bas. Cet enfant n'a aucune conscience de son rang et de sa classe. Elle l'aperçoit de loin près des chaudières. Son cœur fait un bond. Il observe avec intérêt le raffineur qui remue le liquide ambré. De grosses bulles viennent crever la surface et ce spectacle enchante l'enfant. L'esclave s'amuse de la joie de son fils. Ils discutent avec animation de Dieu seul sait quoi !

— Enguerrand ! hurle-t-elle.

L'enfant se retourne surpris.

— Mère ?

Son sourire enjoué disparaît aussitôt.

— Mère ? répète –t-il ?

Le regard de Madeleine est effrayant. On ne sait qu'y lire. L'éclat de ses yeux violets est rehaussé par la rage ou la peur.

— Enguerrand, je t'ai déjà dit de ne pas traîner près des esclaves. Viens ici tout de suite !

— Mais Mère, Père a demandé que je comprenne comment tout marche à l'habitation !

Comment faire sans être à côté d'eux ?

Madeleine saisit son fils et le serre contre elle à l'étouffer. Brusquement consciente du désordre de sa tenue, elle se redresse. Les hommes n'ont pas cessé leur travail, mais l'observent à la dérobée en lui décochant de longs regards obliques. Elle sent leur

désapprobation et presque leur mépris. Elle doit se faire des idées. Ils n'oseraient pas. Elle se rengorge.
— Que regardez-vous ?!
Elle entraine son fils vers la maison.
— Oh ! Enguerrand, je t'en prie, ne reste pas trop près d'eux, c'est dangereux.
— Mais Mère, je vous assure que non ! Il n'y a aucun danger.
Madeleine considère son enfant. Si beau. Il lui ressemble. Il a presque le même grain de peau qu'elle. La même forme du visage. Les mêmes cheveux bruns. Son nez fin et droit. Mais ces yeux noisette ? Cette rondeur des lèvres ourlées ? Ces pommettes larges ? Et ce teint mat qui ne craint jamais le soleil ? Et cette épaisse chevelure ? Ce corps robuste et musculeux quand il n'a pas douze ans ?
Et si Délia avait dit vrai ? Ce serait terrible. Mais personne ne saurait rien. Jamais. Surtout pas Enguerrand. Et puis Athanase était mort. Délia aussi. Cela servirait de leçon aux autres esclaves. Personne n'irait rien dévoiler. Et Antoine qui ne s'était douté de rien à l'époque n'avait aucune raison de la soupçonner d'avoir fauté. D'ailleurs elle est sûre qu'il doit prendre du bon temps lui aussi. Avec ces femmes toujours débraillées, les seins à peine cachés par les corsages échancrés. Elle le lui rappellerait s'il osait lui faire des reproches. Et impérieuse, elle remonte à la grand' case.

V- ALLIANCES

« XVIII e, le siècle de fer », Voltaire

1700 – 1708

La grand' case est encore plus imposante qu'avant l'incendie qui l'a ravagée des années plus tôt. Les pièces ont été repensées. Une large véranda court tout autour du premier étage. Les alizés qui circulent entre les persiennes des nombreuses fenêtres, ventilent la maison. Il ne fait jamais chaud dans la grande bâtisse lumineuse. Luxuriante, la végétation a repris ses droits. La salle d'apparat est devenue cossue. Madeleine a tenu à faire venir des meubles coûteux. D'autres en acajou, mahogany, ou bois de rose ont été fabriqués sur l'ile. De délicates armoires contiennent la précieuse vaisselle et l'argenterie, importées à grands frais. Des consoles surmontées de miroirs ornent les murs entre les fenêtres. Une imposante table trône au milieu de la pièce. Le lustre qui étincelle au plafond sort tout droit des cristalleries de Bohème. Dans le salon proche où les hommes peuvent fumer le cigare, des fauteuils moelleux aux motifs compliqués de tapisserie accueillent tout visiteur de marque.

Madeleine a vieilli et s'est voûtée mais la patine du temps lui a apporté cette respectabilité que n'ont pas su lui donner sa naissance douteuse et sa vie antérieure à la colonie. Elle est pénétrée de son importance dans cette société fermée. Ses dépenses soulignent la puissance que donne la richesse à défaut du bon goût. Elle est devenue une hôtesse accomplie. Ses diners sont réputés dans toute la colonie pour leur saveur et leur ostentation.

Elle fait déballer des tissus venus de Lyon pour la confection de nouveaux rideaux, quand elle entend le hennissement d'un cheval et le pas preste qui suit.
Elle reconnait la démarche de son fils. Elle se tourne vers l'embrasure de la porte.
— Enguerrand ! Te voici de retour !
— Oui, Mère. J'ai terminé la visite de l'atelier et des bâtiments. La toiture a été très endommagée depuis la tempête. On finit de la réparer.

Depuis qu'Antoine est affligé de la goutte qui l'immobilise, Enguerrand a pris les rênes de l'habitation. A vingt-quatre ans, respecté des esclaves, il sait se faire obéir sans recourir au fouet qu'il désapprouve. Depuis son enfance, on n'a plus déploré de révolte et de marrons à la Roxelane. Antoine, diminué et aigri ne peut y trouver à redire. Ce qu'il a ardemment souhaité se réalise.

La Roxelane

Une dynastie se construit. Les terres durement acquises seront transmises à son héritier. Le nom des Bourdeuil prospérera de ce côté du monde. Il ne sera pas le dernier du nom. Lui qu'on avait destiné à la prêtrise s'est bâti une fortune au-delà des mers.

— Veux-tu boire quelque chose ?
— Une citronnade me ferait grand bien, après cette matinée sous le soleil.

Madeleine écarte d'un geste l'esclave qui s'empresse et sert elle-même son fils, malgré ses doigts déformés par l'âge. Affalé sur l'un des fauteuils précieux, il étale ses longues jambes bottées devant lui, enlève son chapeau, s'essuie le front.

Indulgente, elle saisit la main de son unique enfant. — Comment s'annonce la récolte ?

— Les terres près du Carbet sont réticentes mais nous devrions nous tirer d'affaire si le temps reste beau. La pluie a emporté les terres de la ravine. Les cannes ne donnent pas bien de ce côté. Chaque année, nous perdons beaucoup de rendement.

— Pourquoi ne rachètes-tu pas d'autres terres ?
— Il n'y en a plus dans notre quartier. Il faudrait aller plus au sud.
— Et près de la mer ? Les terrains ne sont pas vallonnés, ce devrait être plus facile de planter ?
— Ce sont les cinquante pas du Roi. Vous savez bien que personne n'a le droit de les acheter ou de les cultiver.

— Il y a plus simple. Tu pourrais te marier... Et t'allier à une famille possédante.
— Quelle idée, mère ! grimace Enguerrand.
— Bien sur mon fils ! Les de Loigne et les Cassan ont des jeunes filles bien élevées et en âge d'être mariées. Tu pourrais choisir l'une d'elles.
— Pensez-vous qu'elles m'attendent les bras ouverts ? Nous ne sommes pas les seuls à vouloir acheter des terres.
— Eh bien, nous commencerons par les fréquenter plus souvent. Nous irons au bal du gouverneur et à tous ceux auxquels nous serons invités.

— **C**elle-ci pourrait te convenir mon fils. Songe à tout ce que sa famille possède. Ce serait un beau mariage que tu ferais là.

Madeleine chuchote à l'oreille d'Enguerrand derrière son éventail. Invités à souper chez le gouverneur Nicolas de Gabaret, dans sa résidence du Fort, ils sont assis non loin du chef de la milice de quartier. La fille de ce béké[24] minaude à côté de deux jeunes hommes qui ont le même dessein que Madeleine. Une quarantaine de convives est installée devant des mets de choix. La table est soignée, la

---

[24] Blanc créole, c'est-à-dire, né aux îles

La Roxelane

vaisselle d'apparat étincelle. Les victuailles venues de France dont ils se régalent, ont coûté très cher. Enguerrand hausse les épaules.
— Vous n'y pensez pas ?! Regardez-la. Elle est vilaine et rougeaude. Et comme elle se conduit ! Elle ne doute de rien.
— Mais peu importe mon fils, tu sauras la tenir. Et tu as l'air de lui plaire. Regarde ! Elle t'observe à la dérobée. Tu devrais faire une offre à son père. Ainsi nos deux familles seraient alliées.

Cette idée contrarie Enguerrand. Mais sa mère continue d'égrener la liste des terres et des possessions de la famille de la jeune femme. Madeleine parcourt l'assemblée des yeux. Entre les planteurs et leurs épouses parées de leurs plus beaux bijoux, plusieurs jeunes filles sont présentes. Enguerrand ne peut qu'y trouver un parti convenable. Avec son aide, ce sera chose aisée.

Les de Guercy viennent de l'autre côté de l'île, où il est difficile d'aller à pied. On peut s'y rompre le cou sur les mauvais chemins. Il faut voyager en canot par la mer agitée du nord atlantique et le canal tumultueux de la Dominique pour se rendre dans leur habitation. Ces terres entre le Morne-Rouge et Basse-Terre, sont très riches. Elles sont plantées en cannes naturellement, mais aussi en cacao et café, qui se plaisent sur leurs vallons pentus. Madeleine n'ignore pas que ces deux produits rapportent presque autant que le sucre. Après avoir séduit la Cour et les salons parisiens, ils sont consommés dans toutes les maisons.

Les de Loigne possèdent les belles terres rouges au pied de la Montagne Pelée. Les coulées fertiles sont réputées pour la qualité des plants de canne qui y poussent sans effort.

L'habitation des Cassan se trouve au sud de Saint-Pierre, vers Case-Navire où les terrains ont moins de dénivelé, mais ils ont fait de mauvais choix de plantation et il n'est pas certain que leur revenu soit assuré cette année.

Madeleine continue son inventaire. Elle s'offusque de reconnaître à cette réception Alfred Cypriam et Gaëtan Navarre. Ce sont des officiers du roi. Ils n'ont pas de fortune foncière et ne disposent que de leur solde et de quelques avantages. Ils n'ont pas vraiment leur place ici, tout le monde sait que ce sont de vulgaires coureurs de dot. Un soldat reste un soldat. Ils ne sont même pas nobles. Elle aurait apprécié un entre soi plus flatteur. Elle pensait ne trouver que les planteurs chez le gouverneur.

D'ailleurs, celui-ci se lève et glisse quelques mots à son adjoint. C'est le signal qu'attendent les invités masculins pour se rendre au petit salon. Là, ils auront le privilège de fumer un cigare de bonne facture, de déguster un cognac, mais surtout d'être informés des nouvelles cruciales venues de la métropole. Enguerrand suit la petite troupe après avoir pressé le bras de sa mère, dans un geste d'affection. Elle esquisse une grimace de dépit. Sa condition de femme ne lui permet nullement d'assister à ces entretiens, si officieux qu'ils soient. Tout ce qui importe à la colonie se traite dans cet endroit. Elle est contrainte de suivre les dames sur la terrasse où elles pourront prendre de légères tisanes, en discutant des modes parisiennes.

Vers la fin de la soirée, les portes du salon s'ouvrent pour laisser passer le gouverneur et sa cour de planteurs. Madeleine maîtrise son impatience à grand-peine. Enguerrand la rejoint à grands pas, avant de s'apercevoir qu'elle est assise à côté de deux jeunes femmes. Trop tard pour tourner bride.

— Assieds-toi mon cher, que je te présente. Voici Estelle de Guercy et Laure de Loigne. Mon fils Enguerrand.

A contrecœur, Enguerrand se penche vers chacune d'elle, mais remarque sans déplaisir le joli visage de Laure.

— Mes respects, mesdemoiselles.

— Mais assieds-toi un moment, insiste Madeleine.

Enguerrand peut difficilement refuser sans paraître grossier. Madeleine entretient un léger bavardage de salon avant de se lever et de laisser son fils avec Estelle et Laure.

— Je me sens un peu lasse, mais je t'en prie, ce n'est pas la peine de me raccompagner, je rentre en calèche.

A l'entrée du fort, les attelages menés par les esclaves sont parqués près des écuries. Les conducteurs plaisantent entre eux en attendant leurs maitres. Gabriel est à l'écart et ne participe pas aux conversations. Il aperçoit Madeleine qui vient vers lui de son pas pressé. Il se redresse et descend le marchepied avant qu'elle n'arrive à sa hauteur.

— Nous partons. Monsieur Enguerrand rentrera seul à cheval.

La vieille esclave est aveugle. Un voile blanc teinte ses iris. On dirait qu'elle a cent ans, tant son visage est raviné de longs sillons. C'est rare à l'habitation. Il n'y a pas beaucoup de vieux esclaves. Ils meurent tôt. Sans crier gare, ils tombent d'un coup dans les champs, brisés par le travail ou se couchent un soir sur leurs paillasses pour ne plus se relever le lendemain.

Enguerrand est devant la vieille et son ombre cache un instant le soleil. Elle est devant sa case, assise sur un petit tabouret, en train d'écosser des pois d'angole[25]. Elle sent que ce n'est pas une personne de son entourage car elle s'alarme et dépose le bol de pois. Enguerrand la rassure. Il cherche le commandeur et a voulu se rafraîchir en passant devant la rue case nègres. A-t-elle de l'eau à lui offrir ? Mais il n'aurait pas dû lui demander. Elle ne peut pas se déplacer seule. La vieille femme a un rire désabusé, mais oui, elle a de l'eau, mais oui, elle peut le servir seule. Elle se lève et s'engouffre dans la fraîcheur de sa case. Et revient avec une carafe en terre et une calebasse. Voici maitre, c'est ce que je

---

[25] Légumineuse des Antilles

peux te donner. Maitre ?! Bien sûr, elle est aveugle, mais pas sotte ! Bien sûr qu'elle sait qui lui parle ! Elle sourit de ses yeux blancs. Je te connais. Comment cela ? Il s'avance pour saisir la carafe et se désaltérer. Elle tend les mains vers le visage d'Enguerrand. Il se raidit, curieux de la suite. Tu veux bien ? Il acquiesce.

Elle avance les mains et suit le modelé du crâne, des joues, effleure les yeux, survole le nez, palpe le menton et termine sur la carrure des épaules. Elle s'appesantit un instant avant d'ôter ses mains brusquement. Elle a perdu sa sérénité. Tu es bien son fils. Comment cela ? Bien sûr que je suis son fils ! La vieille hoche la tête. Tu étais tout petit, je t'ai vu naître dans la grand'case. J'ai lavé tes langes. Tout le monde était content, le maitre était content. Il avait enfin un enfant mâle ! Il attendait ce moment depuis longtemps. Tu étais un beau bébé, bien fort, bien costaud. Et maintenant, tu es le Maitre. Un bon Maitre.

Enguerrand perplexe, remercie pour l'eau et continue son chemin. Avant de s'éloigner, il croit entendre la vieille murmurer « Oui, il te ressemble. Tout est bien ainsi ». Il se retourne. L'esclave a repris tranquillement son écossage. Il a dû rêver.

Enguerrand rejoint sa femme. Estelle de Guercy est sans grâce, avec un visage poupin, de plats cheveux châtains coiffés en bandeaux. Seules ses hanches pleines donnent un peu de piment à sa silhouette. Mais elle a un atout de charme. Elle apporte à la famille de Bourdeuil presque tout le nord-est de l'île, les terres de son père s'étendant de l'anse Céron à Basse-Pointe. Leur mariage a été l'occasion de réjouissances et de grands déplacements. Elle est alliée aux Dubuc de Rivery du sud de l'île, les grands Blancs de la colonie.

Estelle n'a pas le maintien délicat de Madeleine et ses manières rudes ne sont pas celles d'une dame. Elle parle haut, rit fort, monte à cheval plus qu'il ne faudrait et oublie souvent son ombrelle quand elle sort. Mais elle amène avec elle un vent de fraîcheur et de nouveauté à l'habitation. Les semaines sont ponctuées des séjours de sa nombreuse parentèle venue de toute l'île. Avenante, elle se soucie du bien-être de chacun dans les chambres spacieuses. Leurs invités repartent toujours enchantés. De joyeuses réceptions sont données. Une vie mondaine s'organise.

Le soir de leur nuit de noces, alors qu'il s'apprêtait à sortir de la chambre après lui avoir souhaité une bonne nuit, Estelle l'avait interpellé :
— Je sais que je ne vous plais pas, mais allez-vous faire comme tous ceux de votre espèce en allant féconder ces pauvres esclaves ? Et ce soir, de surcroît ?

La Roxelane

Penaud, il s'était ravisé, avant de la rejoindre dans le lit.

Enguerrand est souvent surpris par le franc-parler d'Estelle. Il n'est pas habitué à ces démonstrations et explications péremptoires. Elle est familière avec les Noirs. Il constate qu'elle n'a pas le mépris féroce de sa mère envers eux. Elle se rend régulièrement à la rue case' nègres. Elle soigne sans répugnance les plaies des enfants, se souvient d'une esclave enceinte et du moment du terme, s'inquiète des ti'bandes et de leurs jardins. Enguerrand s'en est étonné, mais il comprend ce besoin de s'occuper des esclaves, après son enfance passée à les côtoyer.

Estelle est infatigable et solide. Franche et ouverte, elle donne son avis sur tout. A sa propre surprise, il en vient à la solliciter sur la gestion de l'habitation. Le seul domaine où elle réfrène ses ardeurs est la maison. Madeleine l'a sommée de ne pas toucher à l'agencement des pièces et des meubles, arguant qu'elle avait tout fait venir de Paris et que rien ne serait plus beau que ce qu'elle avait choisi.

Avec ce mariage, Enguerrand fait partie du petit groupe des Grands Blancs qui concentre entre leurs mains, quasiment toute la richesse de l'île. Comme eux, il possède les plus grandes superficies plantées, les plus nombreuses sucreries, le plus grand nombre d'esclaves. Son habitation et celle de sa belle-famille sont les plus importantes de l'arrondissement.

La Roxelane

Antoine s'agite sur son lit et d'une voix faible appelle Rémy son valet de chambre. Nauséeux, il ne s'est pas levé ce matin. Il demande un verre d'eau, que son estomac rejette aussitôt. Il se renfonce sur ses oreillers, en sueur. A midi, Estelle qui s'est enquis de sa santé, se rend à son chevet. Elle monte lourdement les marches qui mènent à la chambre. Son état de femme enceinte ralentit ses mouvements, d'habitude si vifs. Elle trouve Antoine fiévreux et sans appétit, même pour les plats dont il est friand. Bientôt, des douleurs intenses lui torturent le ventre et son teint vire au jaune. La journée passe sans que son état ne s'améliore. Rien ne le soulage. Il se met soudain à vomir une affreuse matière noire. Estelle fait venir la guérisseuse de la rue case'nègres qui lui administre des tisanes d'atoumo[26] et des cataplasmes sur la poitrine. Elle ouvre les fenêtres pour assainir l'air vicié de la chambre. Malgré les fumigations de plantes, la fièvre continue de grimper et Antoine grelotte.

Le lendemain, Estelle a un brusque mouvement de recul en s'avançant vers lui. Il pleure des larmes de sang. Ses yeux laissent couler le sang ! Son visage jaune, strié de trainées rouges est effrayant à voir. Il délire. Estelle se précipite en appelant une esclave par-dessus la rambarde. Celle qui monte à la chambre est déjà affolée, avant qu'elle ait parlé.

— Maitresse ! Maitresse !

---

[26] Alpinia. Plante à tous maux, devenue en créole « atoumo »

— Quoi donc ?!
— Il y du sang partout ! Rémy saigne partout ! Les yeux, les oreilles, le nez ! Il y a du sang partout ! Olympe et Zélie aussi ! Elles ont trempé leur chemise de sang !

Les cases de ces deux femmes jouxtent celle de Rémy. Il ne s'agit plus d'une banale fièvre des marais, la maladie est plus grave que ce qu'elle paraît.
— Doux Jésus ! souffle Estelle. C'est une épidémie.
Fais appeler le docteur Justin ! Va vite ! Cours !
Prévenue, Madeleine s'alarme.
— Qu'est-ce que cette nouvelle diablerie ?! Cela a l'air contagieux ! Il ne faudrait pas que nous attrapions cette maladie !
— J'ai fait appeler le médecin, affirme Estelle. La guérisseuse est venue hier, mais ses remèdes n'ont eu aucun effet.

Le docteur Justin arrivé dans la soirée ne peut que constater qu'Antoine et les esclaves sont atteints du *vomito négro,* la fièvre jaune contagieuse et mortelle dans les cas les plus virulents. Il faut mettre l'habitation en quarantaine. Ne laisser sortir ou rentrer quiconque sous peine de répandre l'épidémie. Mais que faire ? questionne Estelle. Comment soigner les malades ? Donner des infusions d'herbe des Jésuites[27], aérer les chambres, brûler les draps, les paillasses et les

---

[27] Quinquina (quinine)

vêtements souillés, bassiner les corps à l'eau vinaigrée… et prier Dieu, ajoute le médecin. Le jour suivant, d'autres esclaves présentent les symptômes du mal jaune. Madeleine se tord les mains d'exaspération.

— Eh bien, il ne manquait plus qu'une épidémie en ce moment ! La saison des bals vient juste de commencer ! Et nous sommes cantonnés ici !

Estelle ravale la remarque acerbe qu'elle est sur le point de décocher à sa belle-mère. Elle tourne les talons et redescend précautionneusement l'escalier. Un vertige soudain la prend. Elle n'a pas le temps de se retenir à la rampe et tombe jusqu'aux dernières marches.

Dans une semi-conscience, elle entend des cris autour d'elle, des pas précipités. On la transporte dans sa chambre. Des douleurs la prennent aux reins. Le travail d'enfantement commence. Mais il est trop tôt, beaucoup trop tôt. Les sages-femmes s'affairent. La guérisseuse lui fait boire des tisanes de simples pour retenir les eaux. Mais la chute a été trop violente. Dans la soirée, Estelle met au monde un enfant mort-né. C'était un garçon. Affaiblie, elle perd une nouvelle fois connaissance.

Quand elle ouvre les yeux, Enguerrand est assis au pied du lit, son chapeau entre les mains. Elle se met à pleurer et balbutie :

— Pardon… pardon … je regrette tellement…

La Roxelane

— Ma chère, non, ne parlez pas, reposez-vous. Nous en aurons d'autres...

Estelle est inconsolable, ses pleurs continuent de couler. Impuissant devant son chagrin, il se lève le cœur lourd.

Dans la nuit, elle se met à grelotter. Dans un délire continuel, elle pleure l'enfant perdu. Sa peau a pris la même vilaine teinte que celle d'Antoine. Elle est atteinte du mal. Cette nouvelle attriste les esclaves. Depuis son arrivée, ses bontés ont tempéré les méchancetés de Madeleine. Tous craignent pour son salut. Dans les cases, certains invoquent pour elle les dieux et les esprits de l'Afrique.

La Roxelane

Derrière la vaste demeure, les cloches de la petite chapelle sonnent le glas. Dans l'enclos attenant, les dernières pelletées de terre sont jetées sur la tombe que le prêtre vient de bénir. Menés par le commandeur, tous les esclaves retournent à leur tâche. Madeleine s'appuie au bras d'Enguerrand, en relevant sa jupe noire. Un nouveau prénom est gravé sur la pierre tombale des Bourdeuil après ceux d'Héloïse et Rose, les petites filles empoisonnées quinze ans plus tôt. Il n'y a pas eu d'office dans la rue case'nègres. Tous les esclaves décédés durant la quinzaine ont été enterrés dans une fosse commune, creusée à la hâte et recouverte de chaux.

Enguerrand installe sa mère sur un fauteuil de la galerie. Il enlève son chapeau d'un geste las et monte à l'étage. Il pousse doucement la porte de la chambre conjugale.

Estelle est endormie, allongée sur des draps frais. Elle respire calmement. Elle est pâle, très amaigrie et ses yeux sont cernés de bleu. Mais elle est guérie, la fièvre a disparu. Quinze jours ont passé durant lesquels il l'a veillée sans relâche. En l'entendant, elle ouvre les yeux et lui sourit faiblement.

— Comment vous sentez-vous ma chère ?

— Mieux, bien mieux... dit Estelle en se redressant sur les oreillers.

— Attendez, laissez-moi vous aider.

— Comment va votre père ?

Enguerrand hésite un instant et prend la main d'Estelle.

— Je ne voulais pas vous le dire tout de suite… mais il n'a pas survécu. Nous l'avons enterré ce matin.

Estelle accuse le coup, ses yeux brillent de larmes contenues. Enguerrand reprend :

— Nous avons perdu beaucoup d'esclaves, plus d'une trentaine sont morts. L'épidémie a touché d'autres habitations et même la ville. Il y a eu des morts par centaines, après on ne les a plus comptés. Le port a été mis en quarantaine. Aucun navire n'a pu accoster et pas un n'a été autorisé à prendre la mer. Toutes les marchandises sont à quai. Le chirurgien ne savait plus où donner de la tête. Tout le monde s'est calfeutré avec du vinaigre. Et quand il est venu à manquer, on a pris du tafia[28] pour se laver.

Il se redresse, visiblement épuisé.

— Je ne sais pas si tout cela est vraiment terminé. Je descendrai demain au port pour savoir si les capitaines ont pu accoster. Nous avons des barriques dans les magasins, je vais veiller à ce qu'elles soient expédiées. Reposez-vous ma chère, je reviendrai tout à l'heure.

Enguerrand baise le front de sa femme et quitte la pièce en titubant. Dans la chambre voisine, il pose son chapeau et enlève ses bottes. Il s'affale sur le lit avec l'idée d'une courte sieste. Mais il plonge

---

[28] Ancien nom du rhum

instantanément dans un sommeil lourd et sans rêves jusqu'au lendemain.

C'est le mois de juillet. L'hivernage, la saison des pluies et ses violents cyclones va commencer. Tous les navires amarrés dans la rade de Saint-Pierre sans exception doivent lever l'ancre pour se mettre à l'abri à Fort-Royal, sous peine d'une grosse amende. Mieux abritée, cette baie plus au sud offre une protection sûre aux navires. C'est une mesure du ministre de la marine à laquelle personne ne peut déroger. Les années précédentes, les cargaisons coulées, les bateaux chavirés, les fortunes englouties et les marins perdus en mer lors des ouragans ont coûté cher au commerce français. Les gouverneurs ont obligation d'imposer aux capitaines d'abriter leur navire. Ils n'en repartiront qu'en octobre une fois tout danger écarté.

A ce moment, aucun bateau ne quittera Saint-Pierre pour la métropole à vide. Une fois les cargaisons écoulées dans les ports bretons, bordelais, de Méditerranée ou d'Afrique, ils reprendront la route des « vents du commerce ». Les alizées les pousseront vers les Antilles. Les capitaines doivent payer les salaires et la nourriture de bord, financer la cargaison. Cela occasionne des frais importants. Pour les amortir, ils ont vendu leur cargaison dès que leur bateau a touché terre. Ils n'ont pas eu trop de concurrence, les colons avec leur besoin permanent de main-d'œuvre, se sont précipités dès leur arrivée au Mouillage pour acheter le « bois d'ébène ». Le commerce du sucre ne s'est jamais si bien porté. Les capitaines embarquent des centaines et des centaines de tonneaux, presque à ras de cale. Le fret du retour est toujours assuré en partant de Saint-Pierre.

Enguerrand a réalisé des aménagements à la Roxelane. Le paysage de l'exploitation s'est transformé. L'ancien moulin à bêtes a été remplacé. Une superbe roue à aubes profite du courant de la rivière. Plus puissant que la force animale, le nouveau moulin à eau permet d'améliorer les rendements. Les deux bassins de l'indigoterie servent de retenue d'eau. L'habitation déploie maintenant ses fastes. Les palmiers royaux ont atteint une hauteur majestueuse. Çà et là des bosquets de bougainvillées écarlates éclaboussent l'herbe rase. Des pierres viennent consolider les cases des esclaves. Les abords bien entretenus sont propres, le matériel agricole bien rangé est nettoyé régulièrement.

Ce matin les alizées se sont tus. On n'entend pas leur bruissement dans les feuillages et les *pipiris* restent silencieux. Leur chant n'a pas salué le lever du jour. Un air chaud et lourd ralentit tous les mouvements. Dans la rade, la mer est d'huile. Pas un souffle ne vient rider la surface. Seules les petites barques des pêcheurs sont encore amarrées. Chose encore plus étrange, des serpents sont descendus du volcan en défilé sifflant. Dans les cannes, ces bêtes longues redoutées ont piqué des nègres de jardin. Le venin mortel des trigonocéphales les a tués. Les plus anciens sont inquiets. C'est un mauvais présage. Seul un cataclysme peut faire sortir ces bêtes des halliers qui les abritent. C'est un cyclone qui se prépare.

Les vents et les pluies sont en train de gonfler sur l'océan et de s'amasser en un gigantesque tourbillon.

La Roxelane

Dieu seul sait ce qu'il adviendra d'eux. L'ouragan peut tout détruire et tout emporter sur son passage. Hommes et bâtiments. Il faut clouer les portes, les persiennes, mettre les bêtes à l'abri ou les laisser libres d'en trouver elles-mêmes. Attacher les chaudières avec de solides cordes, ranger le matériel léger qui pourrait s'envoler et servir de projectile. Recouvrir les bassins de retenue d'eau. Rassembler les objets dans les placards. Adosser les armoires aux fenêtres de la grand' case. Rouler les tapis précieux. Madeleine hausse les épaules devant les efforts d'Enguerrand. La maison est bien construite, toutes ces précautions sont inutiles et disproportionnées. Ce n'est peut-être qu'une simple tempête, qu'en sait-on ?

Dans l'après-midi, le ciel s'assombrit, la température descend. Le doute n'est plus permis, les craintes des esclaves sont confirmées. Estelle veut faire venir les femmes et les enfants dans la grand' case. Et tous les hommes qui pourront rentrer. Madeleine est outrée. Mais de quel droit ?! Ils saliront les meubles et les parquets précieux. Et l'odeur ! Ils n'ont qu'à se débrouiller. Enguerrand s'interpose. Sa femme fera comme elle voudra. Elle est chez elle, c'est sa maison. Et les esclaves font partie de leurs biens. C'est leur devoir d'en prendre soin.

Dans la soirée, la cavalcade des vents approche de l'île. En un instant, des pluies diluviennes s'abattent sur les cases. Et noient le paysage tout entier. Les rideaux noirs du malheur et de la désolation sont descendus sur le minuscule caillou perdu dans l'océan.

Derrière les persiennes, les vents hurlent et réclament leur rançon. On dirait les voix de mille démons et sorcières qui appellent le sang. Leurs doigts crochus essaient d'arracher le battant des portes. Ils sont arc-boutés aux fenêtres qu'ils veulent ouvrir à toute force. Les mugissements effrayants des vents accompagnent leur sabbat. On entend des gémissements, humains ou d'outre-tombe, on ne sait. Des trombes d'eau se fracassent violemment sur le toit et les murs. La protection des planches et des tasseaux de bois est dérisoire. Les tuiles d'argile se disloquent et s'envolent comme des herbes folles. L'eau s'engouffre par tous les interstices et inonde le sol depuis le rez-de-chaussée jusqu'aux étages. Les hommes se précipitent pour clouer les planches arrachées. Les femmes tentent d'éponger le sol et pressent les torchons dans les bassines émaillées. C'est peine perdue. Les récipients qui recueillent l'eau jaillissant du toit, débordent. Maîtres et esclaves, s'entassent dans un coin de la grande pièce. Les pleurs des enfants sont étouffés par la main des mères qui veulent éviter le courroux de Madeleine. Elles-mêmes retiennent leurs cris de peur, quand un éclair troue la nuit.

De temps à autre, un choc plus fort que les autres, contre le toit, les murs. Des raclements sourds et violents contre le bois de la véranda. C'est un arbre arraché pris dans l'ouragan tourbillonnant. Ou les bardeaux décloués des cases. Ou les outils de travail pesants et lourds.

Et brusquement le silence. La pluie se calme, les vents retombent. Dans la pièce, le soulagement est perceptible. Les enfants cessent de pleurer. Madeleine veut faire ouvrir les portes et sortir. Elle étouffe dans cette promiscuité. Un vieil esclave prévient Enguerrand que ce n'est pas fini. Ils sont dans l'œil du cyclone. Le calme ne va pas durer. Tout va reprendre. Il ne faut surtout pas sortir. Madeleine s'entête, elle n'en peut plus de cette attente. Enguerrand l'accompagne.

— Seigneur !

Dans la nuit, la vision d'apocalypse est saisissante. Un magma de boue et de végétation flotte autour de la maison. Des outils de labour sont répandus un peu partout. La grande roue du moulin est désarticulée malgré les cordes qui la maintenaient. Les pales disloquées pendent tristement. En bas, la rue case' nègres a disparu. Les maisonnettes sont réduites en tas de bois éparpillé. Les palmiers royaux décapités sont arrachés et gisent loin de l'allée où ils régnaient. Des hommes noyés et des bœufs crevés se mêlent dans la fange boueuse.

Les vents se lèvent. La pluie recommence à tambouriner.

— Mère, il faut rentrer…

Madeleine est muette devant ce spectacle de fin du monde. Elle patauge sans s'en apercevoir dans la boue qui a envahi la véranda. Enguerrand insiste. A une vitesse phénoménale, les bourrasques reprennent. Elles soulèvent le bois flottant, enlèvent les outils, font voltiger les projectiles. Madeleine est tétanisée. Enguerrand lui attrape le coude pour la guider à l'intérieur.

Le bas de la robe de Madeleine est alourdi par la boue, elle tente de relever ses jupes pour se dégager, quand une barre de fer vient heurter sa tête. Le crâne ouvert, elle s'effondre dans les bras d'Enguerrand comme une poupée de chiffon, ses yeux violets emplis de colère incrédule.

Les cloches de la petite chapelle carillonnent à l'issue de la messe de baptême. Les invités se pressent sur le parvis pour féliciter les parents. Les parrains et marraines se tiennent près d'eux. Sortant de ses relevailles, Estelle porte fièrement son nouveau-né, Hadrien. Enveloppé d'une longue robe de dentelle blanche, il dresse ses petits poings en gigotant vers le sein de sa mère. Il ressemble beaucoup à Enguerrand. Un épais duvet brun recouvre son crâne minuscule. Il ouvre sur le monde le regard violet hérité de Madeleine.

La cohorte se dirige vers la véranda de la grand-case où ont été disposées de grandes tables ornées de nappes blanches. La vaisselle précieuse est chargée de mets plus délicats que d'ordinaire et les coupes en cristal débordent de fruits. Hadrien a été ondoyé [29] à la naissance tant Estelle craignait le pire. Mais une fois les premières inquiétudes passées, son naturel sociable a repris le dessus. Elle a convaincu Enguerrand d'organiser une vraie cérémonie de baptême, après le respect du deuil porté à sa mère.

Le prêtre est convié au repas. Un sourire de bonheur accroché aux lèvres, Estelle invite les invités à prendre place. Sous l'agréable véranda, les discussions sont légères et gaies après les épreuves des derniers mois. Après le repas plantureux, les cuisinières amènent le chocolat à l'eau, aromatisé de cannelle et de muscade. L'énorme couronne de pain

---

[29] Baptisé en urgence

au beurre qui l'accompagne est accueillie d'exclamations ravies.

Dans la cour à l'arrière de la maison, une autre table est dressée. Estelle a voulu que les esclaves participent à sa joie d'être mère. Ils peuvent déjeuner aujourd'hui comme ses invités. Assis en bout de banc, Gabriel Senghane est taciturne. C'est un bel homme vigoureux, à l'air fier et distant qui lui vaut les bonnes grâces des femmes. Angèle, la cuisinière, lui sert les morceaux les plus goûteux pour attirer ses regards. Il lui sourit distraitement. Il avale quelques bouchées avant de saisir son coutelas et de se diriger vers la véranda.

Les hommes passent au salon où Enguerrand leur offre ses meilleurs cigares et un tafia vieilli en fût par les rumiers[30], un peu moins âpre que celui qu'ils boivent d'habitude.

Le beau-père d'Enguerrand, Armand de Guercy tient le cercle des planteurs sous son regard perçant.

— Nos capitaines me disent que les armateurs bordelais refusent d'envoyer les cargaisons. Ils ont peur que nous ne puissions pas les payer, depuis le cyclone.
— On ne peut pas les en blâmer. C'est vrai que beaucoup de colons ont tout perdu ici. En plus des récoltes, beaucoup de maisons ont

---

[30] Esclaves chargés de la fabrication des tafias

été détruites et la perte d'esclaves morts est phénoménale.

— Mais nous n'allons pas payer pour les plus faibles. Nous devons armer nos propres bateaux et aller chercher nos marchandises avec des hommes de confiance. La métropole ne va pas nous dicter sa loi une fois de plus. Nous ne sommes plus sous Colbert.

— Certes, mais la politique de louis XIV n'a pas beaucoup changé. Et le pays n'est pas mieux géré avec Pontchartrain. La France croule sous les dettes. Cela n'arrangera pas nos affaires, à chaque crise, l'Exclusif se durcit. Tout coutera encore plus cher.

La Roxelane

VI – AFFRANCHIS

1708 – 1715

Dans la tête de Gabriel, des vols de corbeaux noirs déploient les bannières du désespoir. Cruels, ils picorent son âme de colère en lui distillant jour après jour les souvenirs du supplice de son père Athanase, qui a signé la fin de sa famille. A l'intérieur de lui, des pleurs sans fin s'écoulent sur la perte de sa mère et de son frère jumeau. Durant ses nuits sans sommeil, les serpents de l'amertume rampent vers son esprit, lui sifflant des désirs de vengeance. Mais il grandit en gardant son chagrin enfoui et en bridant sa rage.

Seule la vieille aveugle le calme de ses murmures apaisants. Malgré son silence, elle ressent son âme et ses tourments et lit dans ses regards. Elle devance ses sentences muettes.

— Non Gabriel, trop de sang a déjà coulé. Tu dois suivre ton chemin. Les murs de la haine que tu élèves en ton cœur ne te rendront pas justice. Tu trouveras la paix quand tu auras trouvé ton chemin.

Patiente, la guérisseuse saupoudre son âme de paroles de rédemption et de pardon. Il ne discute jamais, écoute sans répondre, tenant ses pensées hors de portée de la sagacité de la vieille. En secret, il décide de ne plus subir le joug et de changer son sort et son destin. Volontaire et tenace, il apprend. Tous ses efforts tendent vers un seul but, s'élever. Il observe de tous ses yeux, qu'il ne baisse jamais. Il copie les manières du maitre. Il répète ses paroles bien tournées dans la langue plus châtiée que le créole de l'habitation. Il s'oblige à exécuter les tâches ordonnées promptement et le mieux possible. Il n'adopte pas la résistance passive des esclaves qui faute de pouvoir se rebeller, ralentissent mollement.

Sans en avoir l'air, il écoute les conversations entre Enguerrand et les contremaîtres. Il exerce son intelligence pour comprendre les rouages de l'exploitation. Il se rend indispensable au fil des années. Fiable, silencieux, efficace, il gagne la confiance d'Enguerrand et le seconde aussi bien que les blancs qui l'entourent. Il devient chef d'atelier et garde personnel auprès du maitre et de sa famille. C'est une première victoire. Ce statut particulier l'éloigne des brimades des commandeurs. Et il a échappé à l'abrutissement des cannes.

Indifférent aux femmes, il va de l'une à l'autre, selon les faveurs qu'elles lui accordent. Angèle essaie de s'imposer et fait le vide autour de lui. Mais il reste sourd à ses attentions.

Estelle, avec sa bonté innocente, lève sur lui des yeux interrogateurs. Elle aussi devine ses tourments et sonde son regard. Mais il a appris à se composer un visage lisse et sans ombre, les traces du malheur y glissent et s'effacent, elle ne sait qu'y lire.

Tous les planteurs servent de fait dans la milice, mais peuvent y déroger. Les habitations n'ont pas connu de révoltes serviles récemment, mais le marronnage reste une tentation permanente. Enguerrand apprend à Gabriel le maniement des armes. Dans le cas d'une battue, il prendra la tête de la colonne. Pour parfaire son apprentissage, il entrera dans la Compagnie des Grenadiers, créée par un noble de l'ile. Sa place sera incontestée dans la milice. Enguerrand se félicite de sa décision. Seuls les Noirs les plus fidèles peuvent en faire partie. Dans ce bataillon le service n'est pas continu. Les esclaves seront réquisitionnés si les Anglais avec qui l'on n'est jamais vraiment en paix, venaient à attaquer.

Gabriel apprend avec un bonheur incrédule qu'il gagnera peut-être son affranchissement au bout de dix ans de services. Cela dépendra de son capitaine et de son maitre. La discipline et la dissimulation qu'il s'est imposées le prépareront aux rigueurs de la vie militaire. Il devra certainement se battre, mais surtout survivre pour atteindre son dessein.

Avec le billet signé d'Enguerrand qui l'autorise à circuler hors de l'habitation, il se rend au Fort pour l'entrainement. Il traverse le pont de la Roxelane. En contrebas, les lavandières rient, chantent et s'interpellent bruyamment. Gabriel regarde de tous ses yeux. Les jupes des femmes sont relevées jusqu'à mi-cuisses. L'onde transparente laisse entrevoir leur peau tendre, les mollets, les orteils qui s'agrippent aux galets. Elles se penchent sans façons sur les draps qu'elles tordent et battent sur les pierres plates de la berge. Le linge blanc étincelle au soleil. Jusqu'au Fort il est poursuivi par cette vision. Les jours suivants, la traversée du pont est sa récompense après les efforts militaires de l'instruction. Un parfum de liberté et d'insouciance y flotte en permanence. Il n'est pas le seul à apprécier le spectacle. Une foule d'ouvriers et de marins essaie d'attirer l'attention des lavandières. Des hommes un peu mieux vêtus font mine de se promener nonchalamment sur le pont. Ils y croisent des femmes avec ombrelle et leurs domestiques qui ramènent les paniers de linge lavé et séché. Des regards et des billets s'échangent.

Entre toutes, une jeune beauté attire son attention. Le teint de miel et la silhouette voluptueuse, elle arbore un air de défi qui incite à la conquête. Il attend un soir qu'elle ait remonté la berge pour l'aborder et lui propose de porter le panier de linge. Elle le toise de haut sans répondre, avant de continuer son chemin. Piqué au vif, il la suit en insistant pour l'aider. A l'habitation, la confiance affichée d'Enguerrand fait de lui un homme que l'on craint et à qui il ne fait pas bon déplaire. Il n'est pas habitué aux refus féminins. Cette femme est différente. Il se souvient des réceptions au salon d'Estelle et décline son identité avec un peu de hauteur. Mais la jeune femme en face de lui n'a rien d'apeuré, elle est plutôt amusée et curieuse. Elle accepte sa compagnie et lui reprend le fardeau des mains quand ils arrivent au bout de la rue.

Il est foudroyé par l'amour.
Il remonte à la rue case' nègres les yeux emplis d'elle et des rêves pleins la tête. Les jours suivants, il prend l'habitude de la raccompagner. Elle s'appelle Elisabeth et habite le quartier du Mouillage. Elle le laisse approcher, sure d'elle et de ses charmes. Ce grand Noir parle bien, sans fanfaronner, comme ceux qui l'interpellent du pont. Il la regarde comme s'il n'avait jamais rien vu de plus précieux sur terre. Il est fou de son sourire constellé de fossettes et de ses yeux d'ambre. Elle lui perce le cœur quand elle babille, insouciante et légère, ses dents blanches éclaboussant son visage. L'épaisseur de sa chevelure est domptée en trois macarons torsadés. La coiffe de madras crânement posée sur son front bombé signifie que son cœur est à prendre, une perle d'or accrochée sur l'unique pointe de tissu. Il se prend à rêver qu'elle pourrait la nouer en trois pointes, pour lui. Tous sauraient que son cœur est pris.

Elisabeth est libre. Les yeux brillants de fierté, elle lui explique son ascendance. Son père est un charpentier de marine qui s'est installé dans une rue du Mouillage, après avoir longtemps travaillé sur les navires de la traversée. Sa mère était lavandière pour trois livres la journée. Elle a amassé un petit pécule, sou à sou, qui a servi à son affranchissement. Ses parents se sont mariés à l'église et devant deux témoins. Sa mère était encore esclave à la veille du mariage. Son père a dû l'acheter à son maitre avant de pouvoir l'épouser. Gabriel entrevoit qu'elle a dû aussi partager la couche du blanc avant qu'il ne la laisse

La Roxelane

partir. Mais il n'en dit rien. Quand elle est née, sa mère était une femme libre. Elisabeth l'est aussi. Elle ne veut pas descendre en dessous de sa condition en aimant un esclave, ni que ses enfants soient esclaves. Elle est mulâtresse, elle mérite bien mieux. Et puis elle devine bien ce qui l'intéresse. Elle n'est pas de celle qu'on culbute et qu'on jette, pour recommencer avec la suivante. Tous les esclaves font ça. Les familles serviles sont toujours séparées et on ne peut pas compter sur ces hommes-là. Gabriel se défend de ressembler aux autres. Il lui assure que les enfants suivent la condition de la mère. Les siens seront libres, puisqu'elle est libre, quelle que soit la condition du père. Il l'a entendu au Fort et le Code le dit. Mais Elisabeth hausse les épaules.

Gabriel la presse de ses ardeurs. Elle le repousse toujours en riant de lui, de son air grave, de ses ambitions démesurées. Elle dit qu'ils sont bien comme cela, pourquoi vouloir changer. Et personne ne la touchera si elle ne veut pas. Elle lui griffe le cœur de ses refus. Il sait qu'avec légèreté, elle joue de lui et attend un meilleur parti. Un homme libre qui pourrait s'occuper d'elle et la combler. Il constate avec effarement son goût pour les dentelles, les jupons de madras amidonnés, les bijoux. Tous les jours, elle arbore un corsage immaculé différent, lui qui ne possède que son uniforme, une tenue de cheval et des souliers qu'il tient à la main pour ne pas les abimer sur les mauvais chemins. Elle habite une maison qui appartient à son père et gagne sa vie. Quand lui est nourri par Enguerrand et vit sur l'habitation. Qu'a-t-il à lui offrir vraiment ?

La Roxelane

Pourtant le rêve lui semble à portée de main. Si elle se marie avec lui, il pourrait être affranchi, bien avant les dix ans de service dans la compagnie. Il serait libre comme elle. Il touche une solde de la milice, qu'il doit ramener à son maitre, mais il peut en garder une partie. Ils pourront vivre décemment. Il s'appliquera à la mériter. Un monde les sépare, mais il gagnera son amour.

Il fait nuit. La lune éclaire la petite chambre par l'unique lucarne. Sans le quitter du regard, Elisabeth enlève sa jupe de madras. Tétanisé, émerveillé, Gabriel n'ose tendre la main vers les trésors offerts. Elle apparait en robe de dentelle. Il aperçoit sa peau à travers la fine popeline. Elle dénoue le ruban qui retient le corsage. Ses épaules dorées luisent à la lueur de la bougie, pareilles à du satin. Ses seins tendent le tissu. Il retient son souffle tandis qu'elle s'avance vers lui. Il tombe à genoux, enserre sa taille de ses mains, pose le front sur ses hanches. La tête penchée vers lui, elle lui sourit.

— Cette nuit est à nous.

Il se relève, la prend dans ses bras pour la déposer sur le lit. Et son corps devient offrande, sanctuaire et temple.

Un éclair d'espoir, de liberté et de grâce transperce pour la première fois de sa vie la nuit qui l'entoure. Une joie infinie déferle dans tout son être, tandis qu'il étouffe ses sanglots dans le cou d'Elisabeth. Une digue s'est rompue qui charrie les mauvaises eaux de la souffrance et de la colère. Englué dans les marécages de la haine et de l'impuissance, son esprit se libère de profondeurs insondables, pour toucher les rivages apaisants de l'amour. Une autre vie est possible si elle veut enfin de lui.

Au petit matin, le rayon de lumière qui joue sur son visage le gêne et l'éblouit. Allongé sur le lit, il se déplace pour l'éviter. Il finit par s'éveiller tout à fait sur son galetas, seul et désemparé. Les merveilles de la nuit s'évanouissent comme fumée dispersée par le vent.

Les beautés du corps d'Elisabeth ne lui suffiront pas. Il veut l'épouser, qu'elle soit sienne. Il veut connaître les tréfonds de cette âme rieuse et gaie. La retrouver le soir dans sa couche. Se réveiller avec elle sans craindre de n'avoir vécu qu'un rêve. Qu'elle élève les enfants qu'ils auront. Qu'elle déverse sur lui le baume sucré de son amour. Il ne veut plus la savoir exposée à la convoitise dans la rivière. Il doit être libre pour l'épouser. Les dix années qu'il avait cru pouvoir gaspiller en servant dans le corps de grenadiers sont devenues sa propre prison et l'enferment loin d'Elisabeth.

Il n'en dort plus, en perd l'appétit et redevient ombrageux. Les jours se suivent dans une fièvre où il tourne et retourne dans sa tête tous les moyens de gagner sa liberté. Xavier, l'officier instructeur du bataillon des Noirs, lui parle de la France. Des paysages de la Bretagne sa région, des pluies froides de l'automne et des morsures de l'hiver. Des toits gris et pentus qui protègent de la violence des vents. Des épaisses murailles de Saint-Malo. Des troupeaux de vaches grasses au lait riche et savoureux. Des routes interminables de la campagne, des marées de l'océan qui rythment les jours. De ce pays peuplé de blancs où l'esclavage n'a pas cours. Les esclaves qui mettent le pied sur le sol de France peuvent prétendre à la liberté. Le maitre peut en demander la permission au gouverneur. Gabriel peut toucher du doigt son rêve.

Il partira en France. Il y mettra toute sa volonté et son intelligence. Il convaincra Enguerrand. Il lui dira qu'il veut apprendre un autre métier que celui de la guerre, perfectionner les talents qui pourraient servir à la sucrerie. Il gagnera son affranchissement.

Près de la mare où s'abreuvent les bœufs, Gabriel supplie Enguerrand, qui refuse de le laisser partir. Il est trop utile à l'habitation. Il a déjà perdu beaucoup avec le temps accordé et le prix de son instruction. Il ne peut être question qu'il s'en aille. Ce serait une perte sèche. Alors dans la tête de Gabriel, les vols de corbeaux reviennent, obscurcissent son regard et son esprit.

Il se jette sur Enguerrand et l'attrape au col. Surpris, le maitre bascule dans la mare, pour se relever aussitôt. Les deux hommes se battent avec une énergie décuplée par le ressentiment et la rage. Ils roulent au fond de l'eau stagnante. Gabriel se relève le premier. Il maintient Enguerrand sous l'eau. Sa main cherche dans la vase, trouve une pierre, la brandit, va l'abaisser.

— Non ! Ne fais pas ça !
Il fait volte-face. Le bras suspendu.
— Ne le tue pas ! C'est ton frère !

La Roxelane

La vieille aveugle est apparue de nulle part. Gabriel se retourne, lâche Enguerrand qui hors d'haleine, se redresse dégoulinant, éructant. Il peine à reprendre son souffle, stupéfait que son plus fidèle esclave ait osé porter la main sur lui. La femme fixe sur eux ses yeux voilés.

— Que dis-tu ?!!
— C'est ton frère, épargne-le.
— Tu dis n'importe quoi ! Il mérite la mort !
— C'est le fils d'Athanase, ton père.

Et la vieille raconte d'une voix vibrante. La conception, l'attente, l'enfant qu'elle avait essayé de faire passer, la naissance. Le soulagement de tous à sa vue. L'amour d'Antoine pour son fils et sa fierté. Le pacte secret des esclaves. Laisser vivre l'enfant à moitié de leur race, à moitié de leur sang.

Les deux hommes sont abasourdis. Leur esprit ne peut pas concevoir pareille chose. L'amertume envahit Gabriel. Les yeux d'Enguerrand flamboient de colère. Il secoue la tête, obstiné. L'aveugle insiste.

— Maitre, ce que je dis est vrai. Pour le bien de tous, laisse-le partir. Laisse-le suivre son chemin.
— C'est ignoble ! Il n'ira nulle part ! Il a voulu me tuer ! Je lui faisais confiance ! Je ne peux pas laisser se répandre ces monstruosités sur ma mère !
— Nous savons tous la vérité sur ta naissance. Et tu vois, depuis toutes ces années, personne n'a parlé. Personne n'a rien dit. Les

anciens te protègent. Nous veillons sur toi et ta lignée. Ne sois pas cruel. Laisse-le partir.

Enguerrand tombe à genoux. Il reste longtemps prostré au sol. Quand il lève les yeux, Gabriel et la vieille ont disparu. Il est seul près de la mare.

Comment vivre après cette révélation ? Tous le savent a dit la vieille. Comment leur imposer le silence ? Être sûr que l'infamie ne sera pas révélée ? Sa tête bourdonne. Ne pas laisser voir la tâche, ne pas donner à penser. Comment savoir ? Antoine et Madeleine ne sont plus. Athanase est mort supplicié. Plus personne ne répondra à ses questions. Comment vivre avec le secret ?

Lui reviennent en un instant les images de ses enfants. Seul l'ainé Hadrien a le regard violet de sa grand-mère. Tous arborent des yeux sombres. Même Héloïse la dernière, nommée ainsi en souvenir de sa sœur morte. A son esprit, affluent les remarques d'Estelle quand elle coiffe ses filles. Elle plaisante sur leurs chevelures épaisses et brunes. Aucune n'a ses cheveux châtains, ni son teint pâle. Elle se plaint tendrement de leurs boucles qui fragilisent les peignes et résistent aux brosses. Il est si fier de la robustesse de ses garçons qui chevauchent avec lui dans les cannes. Solidement plantés, vifs et bien bâtis, ils reprendront le domaine.

Eux, des petits-fils d'esclave ?!

La Roxelane

Nord de la France

Gabriel s'est embarqué avec son instructeur sur l'*Achille*, vaisseau de guerre en partance. La veille, il a demandé à Elisabeth de l'attendre. Elle lui a tourné le dos de dédain, dans une volte de jupons. A-t-elle toute la vie ? Quand elle est si demandée ? Quand demain, seul Dieu sait ce qui pourrait arriver ?! Alors voire des mois et des années ! D'ici là, un galant pourrait bien la tenter. Il l'a pressée contre lui, l'a suppliée. Elle a eu peur de la violence de son étreinte et s'est dégagée. Mais il s'est radouci, s'est fait tendre.

Attends-moi, je reviendrai et je t'épouserai.

Et Gabriel est parti. Enguerrand l'a laissé faire, trop choqué pour réagir. Mais un revirement est possible. Il peut le déclarer marron et mettre sa tête à prix. La sentence sera la mort pour avoir posé la main sur son maitre. L'esclave s'est caché en ville chez un cordonnier libre en attendant le départ du navire.

Il aime le roulis des vagues, le bleu profond de l'océan, l'immensité autour de lui, sans obstacle au regard. Les fonds insondables et leurs mystères. La proue qui fend l'étendue perlée d'écume. La violence des embruns répond aux cris des oiseaux de nuit qui hantent son esprit. Il aime parcourir le pont et tanguer en épousant les mouvements du trois-mâts. Il se découvre le pied marin et apprend vite les manœuvres avec les gabiers. Il grimpe aux haubans, quand aucun marin ne veut y aller sous la tempête. Là-haut, ivre de vent et de liberté, il hurle sa rage.

Au milieu de la traversée, un navire battant pavillon britannique émerge de l'horizon. Gabriel donne l'alerte, avant de redescendre des cordages, leste comme un chat. Le capitaine de vaisseau jure en lançant ses ordres. Les marins s'activent, hissent les voiles, tirent les bouts. Les artilleurs courent à leur poste. Les soldats arment les fusils. Le bateau se rapproche. C'est le navire amiral de toute une escadre. Ils n'ont aucune chance. La Royal Navy étend sa suprématie sur toutes les mers et océans. Leur vaisseau est immédiatement pris en chasse.

Les frégates britanniques lourdement armées de canons sont moins rapides que le léger trois-mâts français. Le capitaine fait mettre toutes voiles dehors et amener nord-est. La manœuvre est dangereuse. S'ils se retrouvent face au vent, ils seront stoppés. Et si un obus atteint les voiles, ils ne pourront plus tirer de bords, ce sera leur fin.

Le brouillard se lève, dense et compact. Les premiers obus tombent à la poupe du trois-mâts, non loin du pont. Les canonniers anglais vont ajuster. Le capitaine hurle les manœuvres. Les marins s'arc-boutent sur les cordages. Le second fait grincer le gouvernail, vire de bord. Le bateau tangue dangereusement, l'étrave est malmenée. Les voiles claquent et ballottent un instant avant de se regonfler. Ils ne doivent surtout pas être face au vent. Que fait le capitaine !? Les marins retiennent leur souffle, fusils armés, épées hors des fourreaux. Ils distinguent

La Roxelane

presque les visages des soldats ennemis. Le vent s'engouffre dans les voiles. La proue un moment hors de l'eau, s'abat avec un craquement sinistre dans les vagues. Ils entrent dans le brouillard épais et cotonneux. Le capitaine ordonne de maintenir l'allure. Le navire fend les flots, reprend de la vitesse. Les Anglais distancés renoncent à les poursuivre dans la dangereuse purée de pois. Ils sont hors de danger.

Après trois semaines de traversée, les remparts de Saint-Malo se profilent à l'horizon. Gabriel a le souffle coupé par la majesté de la cité forteresse et l'immensité des terres qu'il découvre. Son regard ne perçoit pas de limites. L'espace clos de l'habitation et l'étroitesse de l'île lui apparaissent en comparaison infiniment dérisoires et d'une ridicule vanité. Le trois-mâts louvoie entre les îles fortifiées qui protègent le port, avant d'accoster en se frayant un passage entre les nombreux navires. Une foule bruyante se presse sur le quai. Les marins manœuvrent avec discipline et aisance. A la fin de l'amarrage, le capitaine de vaisseau ordonne la descente à terre. Rangés en bon ordre, fusils au côté, les soldats s'avancent au fur et à mesure sur la passerelle.

Le cœur battant, Gabriel suit Xavier de près. C'est bientôt son tour, il s'engage sur les planches de bois et pose enfin le pied sur les pavés du quai. Il est sur le sol français. Il est libre. Une immense joie l'envahit. Il savoure ce mot dans sa tête. Libre.

Les soldats doivent rejoindre le casernement avant de retourner chez eux. Gabriel interroge ingénument Xavier.

— Nous n'allons pas chez le gouverneur ? Me déclarer comme libre ?
— Pas tout de suite. Je dois mener la compagnie à la caserne. Nous devons d'abord nous signaler. Et puis j'aimerais bien aller chez moi avant ! Je n'ai pas vu ma femme et mes enfants depuis six mois ! ajoute Xavier avec un sourire.

Ils longent des échoppes animées et des rues bordées de hauts bâtiments aux fenêtres vitrées, comme Gabriel n'en a jamais vu. Tout est si démesuré ici ! Même l'air qu'il respire lui semble plus revigorant. Ils arrivent à la caserne, un bâtiment aux murs épais comme tous ceux de la ville, où ils sont accueillis par un sergent qui reconnait Xavier après un bref salut.

— Mon capitaine, que c'est bon de vous revoir ! Pas d'avarie, ni de gros pépins puisque vous voilà !
— Oh ! William ! Quelles sont les nouvelles ? Je viens signer avant de rentrer chez moi.

Le visage du sergent s'assombrit, pendant qu'il tend un registre à Xavier.

— Mon capitaine, pas très bonnes j'en ai peur. Les Anglais et les Hollandais sont à nos portes.
— Oui, je l'ai entendu, mais ils n'ont pas franchi la frontière ?
— Ils n'en sont pas loin. Ils tiennent la région du Nord et l'armée manque d'hommes pour les contrer. Les coalisés sont beaucoup trop

nombreux. Le Roi a lancé un appel à la conscription pour défendre le pays.

— C'est à ce point ? J'espère quand même profiter un peu de ma femme avant de repartir, reprend Xavier en plaisantant à moitié.

— Vous devriez vous presser alors. J'ai peur que vous ne soyez obligé de reprendre du service avant peu de temps.

Xavier prend congé du sergent. Durant tout le temps de leur conversation, celui-ci a jeté des regards curieux à Gabriel, sans poser de questions. Pour lui, aucun doute, ce Noir aux basques du capitaine est son esclave ramené des colonies. Ils repartent dans la ville forteresse vers la maison de Xavier. Pressé de retrouver les siens, il accélère le pas. Gabriel a du mal à suivre son rythme. Ils arrivent bientôt à une maison non loin des remparts, côté campagne. Xavier frappe joyeusement à la porte.

Celle-ci s'ouvre presque instantanément sur une femme blonde et menue au visage avenant, suivie de trois jeunes garçons ressemblant trait pour trait au capitaine. Elle se jette au cou de son mari avec un grand cri de joie.

— Oh ! Mon ami ! Vous voilà enfin !

Xavier prend sa femme dans ses bras et la fait tournoyer un instant dans la rue. Elle rit de bonheur, ses jupons balayant l'air.

— Voyons ! Reposez-moi ! Reposez-moi !

Les enfants se précipitent pour embrasser leur père, qui soulève le petit dernier tandis que les deux

autres se pressent contre lui. Essoufflée et les joues rougies, l'épouse de Xavier s'aperçoit brusquement de la présence de Gabriel. Elle a un petit cri de surprise.
— Oh ! Et qui donc nous amenez-vous ? Est-ce... ?
Elle ne termine pas sa phrase. Xavier coupe court.
— Tiphaine ma chère, voici Gabriel, mon estafette. Il logera chez nous jusqu'à notre départ.
S'adressant à ses garçons qui ouvrent des yeux ronds devant la couleur de l'homme qui l'accompagne :
— Et vous, fermez la bouche, les mouches pourraient y entrer.
— Mais mon ami.... veut objecter Tiphaine, avant de se reprendre sous les sourcils froncés de son mari... Bien sûr ! Je vais faire le nécessaire. Mais entrons voulez-vous ? Ne restons pas dans la rue.

Après le repas, où Xavier raconte leurs péripéties à ses fils, Tiphaine installe Gabriel dans la chambre des garçons. Ils n'ont pas cessé de l'observer avec une grande curiosité depuis son arrivée. Ils peuvent enfin s'approcher et l'abreuver de questions. Comment tu as fait pour venir ? On peut te toucher, pour voir ? Tu as de drôles de cheveux ! Gabriel, essaie de masquer son agacement pour se prêter de bonne grâce à leur inquisition.

Le lendemain, c'est William en personne le sergent qui les a enregistrés, qui amène l'ordre de conscription. Xavier doit s'engager dans l'armée du Nord, commandée par Villars.
Tiphaine se tord les mains de désespoir.

— Oh non ! Mon ami ! Vous êtes à peine rentré que vous devez repartir ! Etes-vous obligé ?

— Bien sûr, ma chère, vous le savez. Je suis soldat avant tout. De jeunes garçons d'à peine seize ans mentent sur leur âge pour devancer l'appel. Je ne peux pas me dérober alors que c'est mon métier depuis toujours.

Ils font leurs adieux à la famille avant de retourner à la caserne. Ils ne sont pas les seuls à en franchir les portes. Sur toutes les places publiques, les vaguemestres et la maréchaussée ont relayé l'appel du Roi. A Saint-Malo comme dans toutes les villes du royaume, les hommes affluent des campagnes pour défendre le pays en danger d'invasion. La succession de l'Espagne et son trône vacant ont plongé Louis XIV et les grandes puissances européennes dans une guerre féroce. Les Anglais et les Bataves combattus dans les iles, sont maintenant aux portes du royaume pour cet enjeu espagnol. Après sept années de guerre, la France est exsangue.

Alors Gabriel suit Xavier et s'enrôle dans l'armée de Louis XIV. Des pensées contradictoires l'envahissent. Il est libre sans l'être, puisqu'il a posé le pied sur le sol de France, mais aucun papier ne le stipule. Dans tous les cas, le temps du service pour gagner son affranchissement est ramené à huit ans en temps de guerre, s'il survit.

A son arrivée dans le bataillon, les soldats s'émeuvent de sa couleur. Un moricaud dans leurs rangs. Pire, un esclave des colonies. Ils ne combattront pas à côté de lui, à peine digne de cirer leurs chausses.

La Roxelane

Mais Xavier en a fait son ordonnance. Cette position privilégiée l'épargne la plupart du temps.

Dans le nord de la France, aux confins de la frontière belge, l'armée commandée par les maréchaux de Villars et Boufflers progresse vers Douai durant une marche interminable et éprouvante. La cavalerie avance en tête avec ses régiments de dragons et plus de cinq mille chevaux. Derrière eux les grenadiers s'ébranlent, suivis des colonnes d'infanterie fermant la marche, à côté des lourds canons. Gabriel patauge dans le chemin boueux piétiné par les milliers de pas qui l'ont précédé.

Le souffle lui manque sous le froid mordant. Cet hiver est rigoureux. Les hommes disent qu'ils n'en ont pas vu de tel depuis longtemps. Dans cette plaine qui s'étend à perte de vue, le brouillard s'étale au ras des herbes folles, raidies par le gel. Elles crissent sous les pas. Un vent inconnu siffle et s'infiltre sous sa redingote. Il s'oblige à suivre la cadence et à ne pas ralentir, malgré ses membres engourdis et ses pieds blessés par le cuir des chaussures. Transi, il avance sans plus réfléchir lieue après lieue derrière les autres soldats.

L'armée arrive dans la plaine de Malplaquet, encadrée de bois et de forêts. Il n'a jamais vu tant d'hommes rassemblés. Plus de quatre-vingt mille soldats ennemis s'étalent sur tout l'horizon. Menés par le duc de Malborough, Jean-Guillaume d'Orange et Eugène de Savoie, les Irlandais, les Bavarois, et les gardes de Cologne, sont placés en bon ordre de bataille. C'est un spectacle à la fois terrible et magnifique.

Il entend les ordres d'assaut et la gigantesque clameur qui suit. Comme un automate, le souffle court, il exécute les gestes mille fois répétés lors de l'instruction. Armer le fusil, mettre la poudre, la balle, viser, tirer, recommencer. Cibler l'endroit le plus large du corps, pour y loger le plomb qui enlèvera la vie à un homme. Le pouvoir qu'il ressent lui donne le vertige. Le sang cogne à ses tempes. Lui, ne veut pas mourir dans cette plaine froide et désolée. Il veut vivre, désespérément vivre. Gagner sa liberté et revoir Elisabeth. Il combat près de Xavier qui l'encourage de la voix.

Les pertes sont immenses dans les deux camps, mais la France est sauvée d'une invasion, les coalisés préfèrent ne pas poursuivre les Français. Durant la retraite vers Valenciennes, un vétéran vient taper sur l'épaule de Gabriel avec un regard de reconnaissance. Ce signe d'appartenance tacite calme un temps les brimades et humiliations habituelles.

Les hommes voient avec soulagement approcher les murs de la ville. Ils vont pouvoir regagner les casernes et profiter d'une nourriture chaude et d'un abri pour dormir. Gabriel s'endort avec l'espoir au cœur. Il rentrera bientôt chez lui.

Mais trois ans plus tard, l'armée française marche vers la ville de Denain. Elle vient renforcer la frontière entre Arras et Cambrai. La coalition austro

La Roxelane

hollandaise du prince Eugène de Savoie s'étire sur ce front et menace la France plus que jamais. C'est le plein été, l'armée longe les champs de blé doré prêts à moissonner. Les vergers exhalent le parfum des fruits presque mûrs. Des charrettes sont menées ici et là par des paysans qui font signe de la main, mais les femmes s'éloignent le plus souvent et s'engouffrent dans les maisons. Une armée en campagne fait des ravages sur la population et se paye sur les terres qu'elle est censée défendre.

Gabriel suit dans son bataillon d'infanterie. Il s'est aguerri aux marches et ses pieds se sont endurcis au cuir des chaussures. Les mois qui ont suivi la bataille ont été ponctués par les séjours dans les différents casernements et la garde de la frontière nord. Il est devenu un homme d'armes accompli sous les ordres de Xavier.

Le soir venu, ils bivouaquent non loin de l'Escaut. Le fleuve s'étire paresseusement devant la ville. Ils prennent un repos qu'ils ne trouveront pas avant longtemps et plongent dans un sommeil sans rêves. Au petit matin, de Villars lance ses hommes à l'assaut du fort, en coupant la retraite des hollandais vers les ponts. Galvanisés par les ordres hurlés, Gabriel et Xavier ont armé les baïonnettes au canon des fusils. Les sapeurs ont commencé leur travail. Armés de haches et de pioches, ils creusent au pied des fondations pour les fragiliser. La palissade va s'effondrer, attaquer sera aisé.

Dans le rugissement lancé par deux cent mille hommes, Xavier s'élance. Il grimpe et vole presque sur

La Roxelane

l'échelle placée sur le rempart. Une balle l'atteint en pleine poitrine. Comme dans un songe, Gabriel le voit s'écrouler. Atterré, il se précipite vers lui. Oh non ! Non, pas maintenant ! Il ne doit pas mourir maintenant. Xavier a perdu connaissance mais est encore vivant. La profonde blessure saigne abondamment, il faut arrêter l'hémorragie. Sans réfléchir, Gabriel le hisse sur son dos et entreprend de remonter la ligne de front en évitant les assaillants.

Au camp, il cherche fiévreusement le chirurgien. Il finit par le trouver sous une tente, déjà encombrée d'hommes blessés. Le médecin jette un œil circonspect sur Xavier. La balle n'a pas atteint d'organe vital, mais il faut l'extraire pour éviter l'infection et la mortelle gangrène. Gabriel supplie le médecin. Si Xavier meurt, c'est son sauf-conduit qui disparait. Sans lui, Gabriel n'est qu'un esclave en fuite, sans référent pour répondre de lui et justifier de sa présence sur le sol de France.

Xavier gémit de douleur tandis que le chirurgien découpe son uniforme ensanglanté, les manches retroussées sur ses bras dégoulinants.

Sur le chemin du retour vers Paris, Gabriel ne quitte pas le blessé et le veille jour et nuit. Il n'a pas prêté attention au soulagement des hommes. Les Français malgré leur nombre inférieur ont mis l'armée des coalisés en déroute. Sa seule préoccupation reste Xavier. Il ne délaisse sa garde que pour parcourir bois et prés à la moindre halte pour cueillir les simples que lui montrait la quimboiseuse. Tous les esclaves connaissent les plantes qui aident à cicatriser les plaies du fouet ou des coutelas, celles qui endorment la douleur des châtiments, celles qui purgent le corps de ses mauvaises eaux et le purifient, celles qui empoisonnent à petit feu ou déciment toute une famille en une nuit.

Dans cette région du nord, il ne retrouve pas les plantes de l'ile, mais il étudie attentivement celles qu'il découvre, en goûtant ici ou là un morceau de feuille ou de racine. Tous les jours, il renouvelle le cataplasme sur la poitrine de Xavier et lui donne à boire d'amères décoctions. Quand ils arrivent à Paris dans leur casernement, la plaie s'est refermée et sa teinte rosée est de bon augure.

Gabriel éprouve une gratitude mêlée de soulagement quand Xavier peut enfin se lever et faire quelques pas. Il reprend des forces jour après jour. Un soir, ils profitent de la fraicheur apaisante pour se rendre à la taverne de la rue voisine.

— Qui c'est ce beau gars brun ? Pas bien bavard, non !? Comment c'est qu'tu t'appelles ?

Gabriel n'a pas envie de répondre ou d'entreprendre un quelconque commerce avec l'aubergiste bien en chair qui l'apostrophe. Ses seins tressautent sur son ventre quand elle marche, portant les chopes de bière aux uns et aux autres, dans un va-et-vient agile que ne laisse pas deviner sa corpulence.

Elisabeth emplit son cœur et son esprit. Penser à elle lui procure une joie douloureuse. Mais cela fait si longtemps qu'il n'a pas tenu de femme sous lui, si longtemps qu'il n'a plus songé aux voluptés de l'amour. Xavier lui fait un clin d'œil complice. Depuis

La Roxelane

les soins de Gabriel, une profonde estime lie les deux hommes. Le capitaine sait qu'il lui doit la vie.

Plus tard, il suit la femme dans la chambre à l'étage. Elle se déshabille sans façons avant de se retrouver en simple chemise et de s'allonger sur le lit. Le visage d'Elisabeth danse derrière ses paupières fermées tandis qu'il perce l'aubergiste qui gémit de ravissement.

La Roxelane

Maxence, Nora

Gabriel est rentré à Saint-Pierre, six ans après l'avoir quittée. La ville a toujours cette primauté sur toutes les cités des Antilles. Elle affiche ses richesses à tous les étals des commerçants et tous les coins de rue. Sa puissance militaire est sans partage. La garde est en place sur le Fort. Les canons résolument tournés vers la mer. Tous les navires des iles françaises voisines y accostent, avant que leurs marchandises ne soient redistribuées.

Son acte d'affranchissement est enveloppé dans la poche de sa veste, tout contre son cœur. C'est son bien le plus précieux. Servir en temps de guerre a ramené son affranchissement à huit ans. Poser le pied en France l'a rendu libre. Mais la menace de peine de mort qui pesait sur lui l'a tenu éloigné de l'île. Quatre ans après leur départ et la campagne guerrière, c'est Xavier qui a présenté sa demande au magistrat, avant de l'obtenir deux ans plus tard. Il est devenu tacitement le maitre de Gabriel et son seul responsable. Xavier a souligné que l'ancien esclave lui avait sauvé la vie et que pour cela, il l'affranchissait formellement. Xavier a tenté de le retenir, un avenir est possible pour lui sur la terre de France. Il pourrait continuer une carrière militaire ou s'établir dans une ferme de la campagne. Ou encore louer ses bras sur un port de la côte.
Qui sait ce qui l'attend s'il rentre ?!

Après la place du Mouillage, il remonte la Grand' rue. Elle est encombrée de carrioles, d'ouvriers qui se louent à la journée, de portefaix, de tout un peuple de marins, de pêcheurs et de flibustiers. Il s'extirpe de la foule. Il approche du pont de la Roxelane. Ses tempes battent. Son regard s'obscurcit. Il doit s'arrêter un instant et s'appuyer contre un mur pour se calmer.

Il avance. Le flot des passants le bouscule tandis qu'il se penche sur le parapet. Les lavandières sont là. Les jambes nues dans l'eau fraiche, les décolletés exposés aux regards. Mais il ne reconnait pas la silhouette familière. De la berge, on le hèle. Il se tourne vers la voix. C'est une forte femme qui lui fait de grands gestes.

— Gabriel ?... C'est Gabriel ?! Tu es revenu ?! Tu cherches ta galante ? Elle n'est pas là, elle est chez elle !

Il reprend ses esprits, se dirige vers les ruelles du centre. Il pense qu'il mourra avant d'arriver à la maisonnette. Il a tout supporté pendant ces années, les brimades et privations. Il s'est battu sur terre et sur mer. Avec elle pour seul drapeau. Elle le crucifiera si elle le refuse encore. Il ne veut pas penser qu'elle est avec un autre. Il n'a vécu que pour elle pendant six ans.

Il marche comme un automate. La gorge sèche, il arrive à la porte de la maison au toit de tuiles d'argile. Il en caresse le bois avant de frapper. Trois coups secs. La porte s'ouvre après quelques instants. Son cœur manque un battement.

C'est elle. Elisabeth. Ses yeux d'ambre, son regard pétillant, ses fossettes, ses formes voluptueuses.

La Roxelane

Son sourire disparait quand elle le reconnait, pour laisser place à la stupeur.
— Gabriel !?
— Elisabeth !

Il s'avance pour la saisir. Elle recule dans la pièce. Son élan est stoppé. Assis sous l'unique table, un enfant joue en chantonnant. D'instinct, son regard fouille la salle cherchant une autre présence. Il va défaillir de déception et de rancœur.
— Qui est-ce !?
— C'est Maxence, ...mon fils.
— Tu as un enfant !... Comment tu as pu ! Mais de qui ??! Tu t'es mariée ?!
— Tu oses demander !

Elle le gifle à toute volée. Gabriel est abasourdi. Puis il comprend lentement. Une onde de bonheur l'envahit, le submerge. Il veut rire, pleurer, il ne sait plus. Il a un enfant ! Un enfant d'elle. Les mots se bousculent.
— Je ne savais pas ! Comment aurais-je pu savoir ? ! Elisabeth, je suis revenu pour toi. Je suis un homme libre ! Je suis libre !

Elle se jette à son cou et l'étreint en pleurant. Et lui la soulève et la serre dans ses bras pour ne plus la lâcher. Il baise son front, ses yeux baignés de larmes, sa bouche tendre.

Il est rentré chez lui. Il ne partira plus. Très haut dans son esprit, de grands oiseaux ivres d'allégresse planent et s'ébattent au soleil.

Gabriel découvre une félicité inconnue auprès d'Elisabeth, faite de jours à fleur de tendresse et de nuits de passion violente. Leurs premières semaines ensemble le laissent éperdu de gratitude.

Mais les contingences existent, sa fierté lui interdit de vivre aux dépens de cette femme qu'il aime plus que tout. Il doit gagner sa vie sans afficher un inutile triomphe sur l'adversité enfin déjouée. Le bonheur d'avoir retrouvé sa précieuse aimée lui fait craindre de tout perdre sur une imprudence. Il connait le métier des armes et sait combattre. Devenir soldat libre dans la milice du Fort le mettrait définitivement à l'abri du retour dans les fers de la servitude. Il toucherait une solde régulière lui permettant de nourrir sa famille. Elisabeth trouve le risque trop grand à être ainsi exposé. Il serait trop proche de la maison du gouverneur et du conseil où se réunissent les planteurs.

S'installer en ville alors, prendre le métier plus commun de charpentier ou de cordonnier peut offrir davantage de discrétion. Ou encore pêcher et vendre du poisson au porte-à-porte. Elisabeth objecte que les marrons aussi le font. Tout le monde le sait. Ce sont ces vendeurs que la milice arrête en premier quand il y a des chasses, sans chercher à savoir s'ils sont libres ou non. Et des libres se retrouvent esclaves soit qu'ils aient perdu leur acte d'affranchissement dans les échauffourées, soit par la mauvaise foi des miliciens. Les blancs profitent de l'aubaine qui leur permet d'enrichir leur cheptel.

Il se rend à ses raisons. Il reprend la licence de son père, charpentier de marine. La vie à l'habitation lui a permis de côtoyer tous les corps de métier. Il est habile de ses mains et son intelligence s'est affutée au contact de Xavier. Il apprendra vite.

Mais avant de s'installer, Gabriel veut tenir sa promesse. Il épousera Elisabeth. La cérémonie a lieu dans la petite église du Fort, tenue par les jésuites. Ils auraient préféré la belle église Notre-Dame-du-Bon-Port, mais le prêtre a exigé une telle somme pour le sacrement qu'ils s'en sont retournés dépités. Mais cela n'a pas terni leur bonheur. Elisabeth est radieuse. Dans sa robe damassée blanche, c'est la plus belle femme qu'il ait jamais vue. Et c'est la sienne. Une immense gratitude l'envahit quand le curé les déclare mari et femme.

Il ne se lasse pas du bonheur de voir grandir son fils. Maxence est un enfant silencieux, qu'il apprivoise doucement au fil des mois. Père et fils rattrapent le temps perdu dans une fragile complicité. Elisabeth lui a dit les remarques et les mauvais regards sur son enfant sans père. Ses pleurs quand elle désespérait de le revoir. Ses tentations et ses refus quand les hommes s'approchaient, le regard concupiscent, la bouche emplie de fausses promesses. Mais elle écarte tout cela d'un revers de main et d'un sourire enjoué. Ils ont tant souffert tous les deux, ils peuvent vivre en paix maintenant.

Les mois passent, tranquilles, emplis de douce quiétude. Un autre enfant arrive très vite. Une fille qu'ils appellent Léonor. Gabriel bouleversé et émerveillé devant cet être minuscule, parfaite réplique d'Elisabeth, invente de tendres berceuses quand il la tient contre lui. Léonor, ma fragile petite Léonor, Nora, ma douce Nora. Nora, ma jolie Nora.

Angèle, l'esclave de case, reçoit les maraichers et les vendeurs de poisson à l'arrière de l'habitation. Ils viennent du bourg et prennent le chemin escarpé de la Roxelane où ils sont certains d'écouler toute leur marchandise. Elle choisit les légumes que l'exploitation ne fournit pas. René, l'un des pêcheurs présente un énorme panier en osier débordant de belles prises luisantes.

— Qu'apportes-tu de bon aujourd'hui ?

— Des thazards, des balaous, des carangues, des bonites, des coulirous…. J'ai tout ce que tu veux ! Tout frais pêché tôt ce matin !

Le vendeur plaisante avec Angèle, essaie de la lutiner. Elle se prête au jeu.

— N'approche pas trop près, je ne veux que du poisson !

Le vendeur éclate d'un rire tonitruant.

— Mais oui, ma belle ! Du poisson seulement !

Il met dans une demi-calebasse évidée ceux que lui désigne Angèle. Elle ne choisit que les plus gros, la table des maîtres devant présenter les mets les plus beaux. Elle pense déjà au court-bouillon qu'elle cuisinera, parfumé au laurier sauce et au gros thym.

— Au fait, tu sais que Gabriel est revenu ?

— Gabriel ? Quel Gabriel ?

— Tu sais bien ! Tu en connais plusieurs ?

— Dieu merci, Seigneur ! Et où est-il ?

Le pêcheur lui apprend la vie de nouveau libre que mène Gabriel à Saint-Pierre, son mariage avec Elisabeth, la naissance de leur deuxième enfant. Elle questionne avidement René pour connaître tous les détails de leur vie. Celui-ci plaisante de son empressement, puis après avoir empoché ses sous, hisse le panier sur sa tête protégée d'un chiffon et s'en retourne par les halliers de la montagne.

Après son départ, les affres de la jalousie se répandent comme un poison dans l'esprit d'Angèle. Ainsi Gabriel est libre, il s'est marié. Après l'avoir refusée et dédaignée.

La Roxelane

Elisabeth a repris ses lessives dans la rivière. Elle arbore maintenant la coiffe en madras à trois pointes des femmes mariées ou amoureuses. Plus personne ne se risque à lui manquer de respect, elle répondrait vertement. Aujourd'hui, elle porte fièrement son panier chargé d'un précieux trésor. Elle a blotti son nourrisson au creux des étoffes. Elle installe le panier à l'ombre d'un campêcher après avoir donné le sein à Nora. L'enfant repue s'endort aussitôt, protégée par le rideau de végétation.

Elle retourne au milieu de l'eau claire, battre et tordre robes et chemises de baptiste des habitants aisés de la rue des Irlandais. Elle jette de temps en temps ses regards vers le panier. La matinée passe, entrecoupée de conversations avec les lavandières. Vers onze heures, elle remonte à la berge allaiter sa fille. Le panier n'est plus là où elle l'avait posé. Peut-être s'est-elle trompée d'endroit ? Folle d'inquiétude, elle court d'un arbre à l'autre. Soulève les draps des paniers des autres femmes, en criant. Nora ! Nora ! Elle se tourne de tous côtés, rejointe par ses compagnes de travail. Mais sa fille a bel et bien disparu. Alors un long hurlement de bête blessée la force à tomber à genoux, pliée en deux.

A l'habitation, René le vendeur de poisson presse Angèle.

— J'ai le paquet, donne-moi ce que tu m'avais promis !

— Non ! Laisse-moi voir d'abord ce que tu apportes !

— Tu m'avais promis !

Angèle est saisie d'une joie mauvaise en découvrant l'enfant endormie. Les lèvres douces et tendres du bébé s'entrouvrent dans son sommeil. La cuisinière va trouver Enguerrand, laissant là René et ses protestations.

Les deux hommes sont face à face, devant l'allée qui mène à la Roxelane. Mâchoires serrées, ils se jaugent silencieusement du regard. Deux frères, mais séparés par une barrière infranchissable, chacun retranché dans une forteresse raciale.

Enguerrand parle le premier.

— Ainsi, tu as osé revenir.

Gabriel se contient douloureusement.

— Je suis un homme libre aujourd'hui. J'ai gagné ailleurs la liberté que tu n'as pas voulu me donner. Je ne t'appartiens plus. J'ai le droit de revenir. C'est ma terre autant que la tienne.

— Que viens-tu chercher aujourd'hui ?! Tu aurais dû rester là-bas !

— Tu le sais bien !

— Tu as choisi une loi que je ne connais pas. C'est à moi de t'imposer la mienne. Une vie contre une vie. Tu m'as pris ce qui m'appartenait quand tu es parti. Je reprends mon dû.

— Rends-la-moi ! Je t'en prie, rends-la-moi !

— Je la garde. Ainsi tu souffriras comme moi j'ai souffert. Pas un jour ne se lèvera sans que tu ne saches qu'elle est l'esclave du maître que tu as trahi. Ce sera ton châtiment.

La Roxelane

Gabriel serre les poings et s'avance vers son frère.
— Si tu la rends à sa mère, je t'offre de revenir en esclavage chez toi, en échange.

Enguerrand inspire longuement et savoure sa victoire.
— Je vais y réfléchir. Reviens demain matin.

Enguerrand remonte à cheval et tourne bride.
Quand Gabriel revient à la ville, Elisabeth est dévastée. Ses yeux rougis de larmes l'interrogent avant qu'il ait parlé. Il secoue la tête avant de la prendre dans ses bras et de pleurer avec elle.

A l'habitation, Estelle est furieuse contre son mari.
— Comment pouvez-vous faire une pareille chose à ces pauvres gens ? N'avez-vous pas de cœur ?
— Ma chère, vous ne savez pas de quoi vous parlez ! Je dois donner un exemple. Il a voulu me tuer, avant de prendre la fuite.
— Mais ne lui prenez pas son enfant ! De quel droit faites-vous cela ? La mère est libre à ce qu'on dit ! Elle est lavandière. Vous ne pouvez pas tout vous permettre !
— Je le tuerais qu'il me défierait encore ! Alors je lui prends ce à quoi il tient le plus. Je veux qu'il soit puni ! Qu'il souffre dans sa chair.
— Cela ne vous ressemble pas ! Je ne vous reconnais plus depuis le jour où vous vous êtes battu avec lui. Que s'est-il passé ce jour-là pour que vous ayez changé à ce point ?

Enguerrand vacille, Estelle sent qu'elle a visé juste. Elle se rapproche de son mari.

— Je suis votre femme, parlez-moi. Dites-moi, mon ami, quelle peine vous ronge ? Vous savez bien que vous pouvez tout me dire.

Enguerrand reprend contenance. Durant les années écoulées, il a guetté sur ses enfants les signes qui dévoileraient leur ascendance noire. La puissance qu'il pensait inaltérable et les privilèges dus à sa caste se sont fragilisés. Ses tranquilles certitudes se sont évanouies avec les révélations et la liberté de Gabriel amenant doutes et tourments. Si Estelle savait, même elle le rejetterait. Elle serait en droit de demander l'annulation de leur mariage et elle repartirait avec ses terres et sa fortune.
Estelle lui prend les mains.
— Je vous en prie, revenez à moi mon époux. Que voulez-vous me dire ? Que dois-je savoir ?
— Rien, vraiment... rien.
— Nous rendrons l'enfant à sa mère demain.

Enguerrand a refusé de rendre Nora, sa nièce secrète, la fille de son frère noir. Estelle a supplié, tempêté, mais Enguerrand s'est montré intraitable. L'enfant restera sur l'habitation, en gage du silence de son père. Mais c'est un étrange marché qui s'est noué. Estelle fait en sorte qu'Elisabeth puisse venir voir sa fille. Elle lui promet de prendre soin d'elle et de bien la traiter.

La lavandière travaille maintenant presque exclusivement pour la famille de Bourdeuil. Robes, corsages, draps, pantalons, elle emporte les paniers pleins de linge sale quand elle redescend de l'habitation. Et se hâte de ramener le tout pour apercevoir Nora. Sa joie de vivre s'est émoussée avec le chagrin, tandis que les cheveux de son mari ont blanchi prématurément.

Gabriel rongé de culpabilité s'applique à veiller sur elle et Maxence. Il apprend à son enfant la valeur du travail et le métier de charpentier de marine. Leur liberté ne sera préservée qu'avec leur autonomie financière. Ils doivent gagner leur vie pour revendiquer leur statut et ne jamais s'aliéner auprès d'un maitre.

Au fil des années, Estelle tient parole, Nora grandit en recevant la même éducation que celle donnée à ses filles. Son statut paradoxal la préserve des tâches difficiles et surtout du grand atelier. Tour à tour, chambrière, aide à la cuisine ou au repassage, compagne de jeux ou se tenant derrière la chaise d'Estelle, prête à devancer ses désirs. Les esclaves la surnomment « chaise madame ».

Mais sa liberté s'arrête au périmètre de l'habitation. Elle n'accompagne jamais les lavandières à la rivière et doit se contenter de prendre soin du linge fraichement lavé à leur retour. Enguerrand veille à ce qu'elle ne sorte jamais de la Roxelane.

La Roxelane

VII- BORDEAUX, 1820

Sur la terrasse, assis sur son rocking-chair, le vieil homme profite de la douceur du soir, le chien à ses pieds. La gouvernante allume la lampe à huile qu'elle dépose sur le rebord de la fenêtre.

— Voyons, monsieur, vous allez prendre froid. Je vous ai apporté une couverture.
— Laissez, Jeanne, c'est inutile.
— Monsieur, vous devriez rentrer, la nuit est tombée.
— Cela ira, je ne vais pas tarder.
— Si vous n'avez plus besoin de moi, je vais prendre congé.
— Merci Jeanne, à demain.

La gouvernante rentre dans le salon et referme la porte derrière elle. Après avoir tout mis en ordre, elle s'avance vers le porte-manteau de l'office pour y décrocher son châle. Elle frissonne en ouvrant la porte pour affronter le froid humide de la nuit bordelaise. Elle se hâte vers la maisonnette attenante. Le valet de chambre prendra le relais pour le coucher du maitre.

Il reprend la tourmente de ses pensées. Il vit chichement malgré l'étendue du domaine et les fastes apparents de la propriété. Comme tous, il est soumis à l'impôt dû aux coalisés européens depuis les Cent

Jours et le désastre de Waterloo. Cela pèse durement sur les finances du domaine. Guerre après guerre, défaite après défaite, Napoléon a rendu la France exsangue. Mais il ne peut s'empêcher de lui savoir gré d'avoir conservé les iles. L'Ogre est aujourd'hui exilé à Sainte-Hélène, sous la garde des Britanniques, les éternels ennemis.

Le parfum vanillé du tabac blond de sa pipe s'évapore dans l'air encore tiède. En fin connaisseur, il apprécie la qualité du pétun de Cuba, meilleur que celui des Français. L'un des capitaines le lui ramène sous le manteau. Il consulte sa montre à gousset. Près d'une heure est passée. Il se lève et grimpe lourdement l'escalier menant à sa chambre. Il ne trouve pas le sommeil. L'empreinte de son corps lui manque sur ce matelas humide et froid. Il sourit tristement en songeant à la vacuité de son existence. Les souvenirs l'assaillent.

VIII - AU PIED DU VOLCAN

1788

A l'aube, la maison bruisse de voix chuchotées et de tintements cristallins de vaisselle. Pierre se réveille agacé par les rayons du soleil. Malgré les persiennes baissées et l'heure matinale, la chaleur est déjà accablante. En ce mois de mars, la saison de carême et ses températures étouffantes est impitoyable. Il repousse les draps humides de sueur et s'assied sur le lit à baldaquins en se passant une main dans les cheveux. Le carrelage est frais sous ses pieds nus. Il se lève vers la bassine émaillée pour de prestes ablutions. Il s'habille rapidement d'un pantalon et d'une chemise de coton épais. Ses bottes de cuir complètent sa tenue. Il descend dans la salle à manger, ouverte sur la galerie qui court autour de la maison.

A son apparition, une cuisinière à la poitrine rebondie s'affaire pour lui servir le petit déjeuner. Tête baissée, elle présente les jus de fruits. Il choisit un jus de mangue, à la douce couleur orangée. Le café noir et fort, lui remet les idées en place après sa nuit agitée. Aujourd'hui, c'est le deuxième jour de la récolte de la canne à sucre sur la plus grande partie de ses terres.

La Roxelane

Les longues tiges sucrées ont été épargnées cette année. Pas de cyclone comme l'année précédente, pas d'incendie malveillant, pas de révoltes. Il est impatient de voir le résultat de la coupe à la sucrerie. Il repousse l'assiette fumante que lui présente l'esclave. Seul, assis à la longue table de bois rouge, il est entouré des portraits de ses ancêtres accrochés aux murs. Pensif, il les considère un instant. Antoine son trisaïeul, venu chercher fortune cent ans plus tôt. Enguerrand, son arrière-grand-père qui a consolidé les biens amassés par un beau mariage. Hadrien son grand-père, son père Florimond qui ont modernisé la sucrerie et pérennisé leur richesse.

Ils ont tracé le chemin en plantant la canne qui ondule sur les mornes alentours. Où que le regard se pose on ne voit qu'elle. En décembre, les flèches blanches annonciatrices des prochaines récoltes, se répandent en une marée vaporeuse sur tout l'horizon.

L'habitation contient quatre cents esclaves et deux cents têtes de bétail. Ses terres s'étalent de la mer des Caraïbes, jusqu'au sommet de la montagne et des pitons. Il est l'un des planteurs les plus riches de cette région du nord de l'île.

Son café avalé, il s'essuie la bouche du coin de la serviette qu'il jette sur la table d'un geste impatient et se dirige à grands pas vers les écuries. Un palefrenier lui tend les rênes de son cheval. Sans un regard, il enfourche sa monture et trotte vers les champs tout proches, en contrebas. La coupe a déjà commencé. Les Noirs, surveillés par les commandeurs, taillent

La Roxelane

inlassablement les tiges juteuses. Les bras fendent l'air avec un sifflement mille fois répété. Les coutelas lancent des éclairs. Les amarreuses, les reins ceints d'une étoffe grossière, sont courbées sur les paquets. La récolte sera bonne. Il parcourt à pied le chemin pavé pour inspecter les bâtiments de la sucrerie. La vinaigrerie[31] permet de réutiliser les résidus de la canne. Le tafia de qualité acceptable réjouira ses hôtes. Il sera aussi donné aux esclaves pour leur donner du cœur à l'ouvrage.

Les bassins de l'indigoterie sont depuis longtemps affectés à un autre usage ; cette culture étant peu rentable, son aïeul Enguerrand en avait fait des bassins de retenue d'eau. La gragerie[32] de manioc nourrit les esclaves à peu de frais. Les salaisons et haricots secs améliorent leur ordinaire. Les petits jardins potagers dans la rue case-nègres sont perpétués. Les hangars à pétun ont été transformés en entrepôts de stockage pour le sucre. L'eau serpente dans les aqueducs qui mènent au moulin et à la grande roue motrice.

Il entre dans la sucrerie. Dans une chaleur étouffante, les esclaves torses nus pressent les cannes sous les rolles du moulin, sous la surveillance du commandeur. Un geste trop brusque, une seconde d'inattention et la main ou le bras qui manipule les roseaux sucrés peut être broyé.

---

[31] Distillerie
[32] Raperie

La Roxelane

Pierre observe avec attention le jus odorant qui s'écoule. Le liquide verdâtre se répand dans les cinq chaudières sous lesquelles chauffe un feu maintenu constamment. La cuisson des sirops est une étape essentielle dévolue aux cuiseurs et raffineurs, esclaves qualifiés. Les chaudières ont chacune leur nom et leur office. Le jus de canne est d'abord recueilli dans la Grande, puis il passe dans la

Propre où il est clarifié, dans le Flambeau où il est réduit une première fois. Recueilli dans le Sirop, il termine sa cuisson dans la Batterie. La réduction dans cette dernière chaudière donnera une matière sirupeuse presque cristallisée, imparfaite. Le sucre encore chaud est déposé dans des bacs de bois, les rafraichissoirs. Une fois refroidi, il est placé dans des récipients percés de trous pour laisser couler le sirop.

Dans la purgerie, grande salle en pierre de taille, ouverte aux quatre vents pour laisser passer l'air, les sacs de jute percés de deux trous à leur base sont suspendus. Les sirops s'écoulent dans le bassin placé dessous. Au bout de trente jours, on les mettra dans l'étuve pour qu'ils sèchent complètement. Aérés et asséchés, ils montreront leur contenu : les cristaux roux. Le sucre, enfin.

Il remonte à cheval, satisfait.
La grande roue du moulin, alimentée par la Roxelane, continue de broyer le jus doré, promesse de richesses à venir et de prospérité immuable.

La Roxelane

Le cheval trouve son chemin sans difficultés entre les pierres coupantes du chemin qui descend à la ville. Il hésite de temps en temps, mais d'une simple pression des rênes, le cavalier le guide avant qu'il ne trébuche. Pierre se laisse aller en arrière et ses pensées vagabondent. Il a un demi-sourire en repensant aux commérages de la bonne société. Les femmes chuchotent sur son passage à l'église. Les hommes le dévisagent, un peu railleurs, mais à peine. Ils comprennent son désir de retarder une union inévitable, mais se sont rangés depuis longtemps à des points de vue raisonnables. Ils sont tous mariés ou en passe de l'être, avec des femmes à la peau laiteuse. Les maitresses noires sont légions dans les habitations, mais aucun planteur ne fait passer son épouse après les bagatelles et les enfants nés de ces unions éphémères. Leurs femmes délaissées se complaisent dans une existence d'ennui et d'oisiveté.

Personne ne comprend qu'il ne soit pas déjà fiancé avec une de ces héritières qui promènent leur pâleur rousse et leur langueur dans les salons. Elles rêvent toutes d'unir leur destinée à la sienne ! Un si beau parti ! L'âge venant, il se rangera. Ce n'est qu'une question de temps ! Il finira par se marier comme eux tous. Comment survivre autrement ? Le code noir rappelle la mise au ban qui punirait les mésalliances. On dit en attendant qu'il se plaît à fréquenter ses esclaves. Mais tout cela est naturel et sans grande importance.

La Roxelane

Il approche de la ville. Il n'a jamais remarqué combien la rade de Saint-Pierre est paisible au pied du volcan. Le soleil qui miroite sur l'eau lui donne des reflets d'huile. La clarté de l'air lui fait plisser les yeux. Les maisons minuscules à cette distance, sont sagement alignées au bord de mer. Ses entrepôts du Mouillage, d'où partiront les barriques de sucre, sont bien placés près de l'appontement. A cette heure, un défilé incessant de libres de fait [33] travaille au chargement sur les navires ancrés dans la rade.

Pierre s'engage sur le pont de pierre qui surplombe la Roxelane. Construit pour remplacer l'ancien pont de bois des Jésuites, il sépare les deux quartiers du Mouillage et du Fort. Plus solide, il peut supporter le poids des canons et améliore la circulation des carrioles. Les lavandières sont déjà à l'œuvre, de l'eau jusqu'à mi cuisses. Elles battent vigoureusement les draps sur les pierres plates de la rivière.

Le cheval a du mal à se frayer un passage dans la Grand-rue. Elle est encombrée de marins et de soldats qui fréquentent déjà les tavernes à cette heure matinale. La ville est la plus riche des Antilles. Partout l'opulence des marchandises se déverse aux étals. Les négociants, les petites gens, les libres et les esclaves de journée, venus vendre ou acheter, se bousculent dans un joyeux brouhaha où domine le ruissellement du cours d'eau. Il faut parler fort à Saint-Pierre pour se faire entendre. La rivière coule sans discontinuer dans les canaux des rues et sa musique bruyante et cristalline

---

[33] Esclaves non affranchis qui pouvaient circuler librement et ramener leur salaire à leur maitre

couvre les voix. Les habitants sont habitués à crier plutôt qu'à converser. La rue voisine est couverte des voiles que les capitaines des navires étendent devant les magasins. La fraîcheur et l'ombre y sont bienfaisantes.

Pierre met pied à terre devant son entrepôt et attache les rênes de sa monture. A la porte, il lance un sonore « Bonjour ! ». Le capitaine, Baptiste Ninel, un grand gaillard dégingandé, émerge du fond du magasin.

— Oh ! Bonjour monsieur de Bourdeuil !

— Quelles nouvelles ?
— Tout est prêt ! Nous devrions embarquer la marchandise dès aujourd'hui et prendre la mer après-demain. Les alizées sont assez forts.
— Je suis venu voir la cargaison avant l'embarquement.
— Bien sûr, bien sûr ! Tout est là, vous pouvez vérifier.

Dans le magasin flotte une odeur reconnaissable entre toutes, composée de senteurs mêlées. Le parfum sirupeux du sucre s'entrelace aux effluves salés de la morue, voisinant avec les relents de rhum répandu à terre au gré des manipulations. Pierre compte mentalement les piles de tonneaux entassés. Misérieux, mi- amusé, il se tourne vers le capitaine.

— Je vous paye bien au-dessus des prix pratiqués. Estimez-vous heureux. Comme cela vous n'aurez pas à détourner ma cargaison.

Le capitaine se récrie.

— Mais mon cher, ne doutez pas de mon honnêteté. Il ne vous a jamais manqué une livre, ni même un sou ! Toutes vos marchandises arrivent à bon port.

— Vous savez que si vous essayez de me voler, je pourrais traverser l'Atlantique pour vous retrouver ! dit Pierre avec un large sourire bonhomme, en tapant sur l'épaule du capitaine, qui préfère sourire lui aussi.

A la maison du commerce, les préposés consignent le nombre de tonneaux et le nom des propriétaires. Pierre songe à armer ses propres bateaux dans ce commerce en droiture[34] pour limiter les coûts. Le sucre est revendu aux négociants de Bordeaux. Il accroîtrait ses profits, s'il n'avait pas l'intermédiaire des commissionnaires qui prennent trois pour cent des marchandises qu'ils importent ou qu'ils expédient. Il devrait vraiment débaucher des capitaines ! Ce Baptiste, par exemple. Il n'est pas plus malhonnête que les autres. S'il travaillait uniquement pour lui, il le fidéliserait avec un salaire régulier, voire supérieur. Ils seraient tous les deux gagnants.

---

[34] Commerce entre la France et ses colonies, sans escale africaine

La Roxelane

Il s'interroge encore. Il reste peu de terres qu'il n'ait convoitées et obtenues. Il les cultive selon les traditions familiales et l'expérience de ses ancêtres, habitants sucriers depuis plusieurs générations. Pourtant il enregistre des pertes. L'entretien de la main-d'œuvre servile, les soins à lui donner et l'immobilisation d'une partie des terres pour les jardins, est coûteux. Sans compter l'impôt de la capitation à verser à la colonie pour chaque esclave déclaré. Les profits sont trop rapidement consommés. Il faut toujours plus de travail et d'esclaves, déjà très nombreux sur son habitation. Fragiliser sans cesse l'équilibre numérique précaire de l'habitation l'oblige à augmenter son imposante armée de gardiens et commandeurs.

Travailler les terres d'une manière plus productive, mais avec quel procédé ? La charrue en plus grand nombre ? Plusieurs attelages labourant de front, avec des bêtes puissantes, qui iraient plus vite, creuseraient plus en profondeur ? Cela permettrait aux esclaves de déployer leurs forces au sarclage.

Il songe à la lenteur exaspérante de la houe, même quand le commandeur fait voler son fouet. La terre doit être remuée plusieurs fois après les premiers passages des ateliers. Malgré l'humidité et les fraîcheurs de la saison des pluies, ce travail reste une perte de temps. Il achètera des bœufs aux habitants qui les utilisent seulement comme bêtes de force pour actionner les rolles des moulins.

Perdu dans ses pensées, il déambule jusqu'à la rue Petit Versailles et traverse la rue de la Reyne. Il doit assister à la réunion du Conseil au Fort. Dans l'après-midi il en profitera pour visiter une connaissance galante rue des Irlandais, dans les quartiers aisés de la ville. Cette pause dans la maison fraiche et aérée sera bienvenue. Si le cœur lui en dit, il l'emmènera au théâtre dans la soirée. Cette nouvelle construction fait la fierté de l'île. De toutes les villes de la Caraïbe, Saint-Pierre est la plus belle et arbore avec arrogance son surnom de *Petit Paris des Antilles*. Dans aucune autre ville, le luxe et les plaisirs ne sont à ce point célébrés. Les derniers gouverneurs ont fait bâtir des ouvrages d'art qui ont encore augmenté son prestige. Ce théâtre vient concurrencer ceux de la grande île de Saint-Domingue. Son escalier en fer à cheval reproduit l'architecture des plus beaux châteaux de la métropole. Toutes les pièces parisiennes y sont jouées. Tous les soirs, une foule parée de ses plus beaux atours bruisse sous les arcades élégantes. Le satin, la soie et le taffetas ruissellent. Quand le gouverneur et l'intendant se rendent dans leurs loges réservées, ils sont applaudis avant de s'asseoir. Pierre s'amuse de ces vanités. Dans les couloirs, les discussions d'affaires vont bon train et les informations essentielles de la colonie s'échangent maintenant aux entractes.

Au paradis, à l'étage le plus élevé, sont cantonnés les libres de couleur. Mais les colons s'y rendent souvent pour entreprendre les mulâtresses. Il se réjouit d'avance de ses possibles bonnes fortunes.

La Roxelane

Lucella n'a pas encore quinze ans, mais recule avec aversion devant l'étendue verte. Le commandeur l'a regardée avec intérêt la veille. Peut-être dira-t-il au maître qu'elle est en âge d'aller dans la canne avec les autres amarreuses ? Elle n'ira pas. Son âme est pleine de terreur. Plutôt le Saut des Caraïbes. Elle fera comme eux qui se sont jetés du haut des falaises pour ne pas être soumis par les colons. On dit aussi que les marrons sur le point d'être repris et poursuivis par les molosses, courent vers cet endroit, sur la piste de l'inéluctable et la fin des souffrances.

Elle est hérissée de dégoût devant les longues herbes coupantes comme le rasoir et la tâche avilissante de ces hommes et de ces femmes, éreintés par le soleil, le travail et le fouet.

Son cœur se révulse à l'idée d'aller là-bas avec le grand atelier, de se courber inlassablement pour l'amarrage. L'obligera-t-on elle aussi ? Même le deuxième atelier des nouveaux en acclimatation, des femmes enceintes et des nourrices, lui répugne. Affectés aux tâches de sarclage à la houe et d'entretien des plants, aux ramassages multiples, ils peuvent avoir les mains broyées par les rolles du moulin ou brûlées par les chaudières. Ils travaillent du lever au coucher du soleil jusqu'à quatorze heures par jour, surveillés et conduits par le commandeur. Le maître peut dormir, les révoltes à la Roxelane ne sont pas pour demain.

Pour le moment elle reste encore esclave de case, comme Edèze la gouvernante qui lave et repasse, comme la cuisinière, les valets et les servantes. Ils sont mieux nourris que les autres, mieux habillés et mieux

La Roxelane

traités, sous l'autorité du maitre. Le commandeur ne s'adresse pas à eux. Elle écoute et baisse la tête comme le lui a ordonné l'imposante esclave. Elle sait maintenant se faire invisible, silencieuse et discrète. Elle apprend à devancer les ordres d'Edèze ou à les exécuter. Sur un geste d'elle, elle sait quoi faire : porter les baquets, mettre les fers à chauffer, tendre les tissus, mettre du bois dans le four, cirer le parquet après le passage d'un hôte, faire briller les meubles. Edèze la gourmande quand elle n'est pas assez leste.

— Il ne faut jamais lever les yeux vers le maitre. Sinon tu connaîtras sa colère.

— Il ne faut jamais paresser, sinon tu seras punie.

— Il faut obéir et te taire, sinon tu subiras le fouet.

On disait qu'une maitresse de Pointe Rose au Robert passait nue à cheval, entre deux rangées d'esclaves mâles qu'elle forçait à la regarder. Le premier qui manifestait une virilité qu'il ne pouvait pas maîtriser, était puni. Mais la punition était effroyable : on mettait le malheureux dans un tonneau hérissé de clous, on fermait le tonneau et on le poussait du haut de la colline.

On disait qu'un esclave de Belle Etoile au Morne Rouge qui s'était échappé une première fois avait été marqué au fer rouge d'une fleur de lys sur l'épaule. La deuxième fois, son maitre l'avait fait fouetter jusqu'à ce que la chair de son dos ne soit plus que lambeaux sanguinolents. Mais l'esclave avait recommencé. La troisième fois, le maître lui-même lui avait coupé le jarret.

On disait qu'une famille entière de maîtres du sud de l'île, qui faisait subir des sévices pour la moindre faute, avait été empoisonnée par ses esclaves. On disait tant de choses !

On disait qu'une mère qui venait d'accoucher d'un enfant à l'habitation Céron s'était donnée la mort après avoir tué son nouveau-né, parce qu'elle ne voulait pas qu'il grandisse dans la servitude.
Edèze lui disait :
— Tu sais ce qui t'attend, alors fais ce qu'on te dit. Et elle faisait ce qu'on lui disait... Edèze lui racontait :
— On dit que ta grand-mère était libre, mais qu'elle restait sur l'habitation sans qu'on sache pourquoi. Elle a eu une fille, libre elle aussi. Joséplia, qu'elle s'appelait. C'était ta mère. Elle était en ménage avec Tiburce, le ferronnier. Mais Florimond, le maître de l'époque, le père de celui-ci, l'a vendue pour rembourser une dette de jeu.
— Mais il n'avait pas le droit, si elle était libre ?
— Les blancs ont tous les droits. Il l'a fait quand même. Tu étais un bébé quand c'est arrivé. Elle n'a pas pu t'emmener. Tu as hurlé pendant des journées entières. Tu refusais le sein des nourrices. Mais on t'a soignée, élevée et te voilà.
Lucella questionnait :

— Mais ma mère, on l'a emmenée où ? On l'a vendue à qui ? Tu dois bien savoir ?

Edèze la rabrouait :

— Ce sont de vieilles histoires, le temps a passé. Il faut continuer ta vie maintenant.

— Et ma grand-mère, elle s'appelait comment ?

— Nora. On l'appelait Nora.

Quelquefois, dans l'ombre de la buanderie, quand elle devait plier les lourdes étoffes qui avaient séché au soleil, elle fredonnait de sourdes mélopées, des airs d'une langue inconnue, des syllabes rythmées qu'elle n'avait jamais entendues. Dans une brume lointaine revenue de ses souvenirs, elle voyait penché au-dessus d'elle, un visage tendre de femme qui lui chuchotait d'étranges mots. Elle percevait le parfum d'une peau épicée et rassurante, elle voyait un regard étiré chaud et pénétrant, de noires pommettes ciselées, des lèvres douces qui murmuraient des berceuses. Ce n'était pas Edèze.

D'autres fois encore, elle entendait des cris, des appels, des supplications, des sanglots de femme. Ce n'était pas Edèze. Et elle faisait ce qu'on lui disait...

Elle passe devant la terrasse de l'habitation en suivant les femmes qui vont à la rivière, chargées de paniers de linge sale qu'elles laveront dans le courant de la Roxelane. Edèze marche devant elle, la protégeant de ses formes amples dandinant en rythme.

La Roxelane

Elle regarde ses pieds comme on le lui a si souvent répété. Un mouvement à l'intérieur attire son attention. Elle détourne imperceptiblement la tête. Elle voit le maitre se balancer dans le rocking-chair. Il s'évente avec le chapeau qu'il vient de retirer et a les yeux mi-clos. Elle ralentit le pas, regarde de tous ses yeux. Elle ne l'a jamais vraiment vu de près. Même assis, il reste grand et source de danger. Une énergie contenue perle à la surface de sa peau, prête à jaillir et commander. Elle a appris à craindre cet homme blanc, la souffrance et la douleur dont il est la cause.

Il ouvre les yeux.

Effrayée, elle baisse la tête et continue son chemin. Elle retient son souffle et attend l'appel. Sera-t-elle punie pour ce manque de respect ? Un moment passe et rien ne se produit. Elle est soulagée lorsqu'elle se trouve hors de sa vue, derrière les arbres du voyageur.

IX - LA ROXELANE

Dans la touffeur du matin de Carême, elle porte les paniers de linge à la Roxelane, non loin de la source de la rivière bondissante qui serpente à travers la montagne. Elle a caché ses attaches graciles et ses formes pleines sous une blouse informe qu'elle n'a pas liée à la ceinture. Elle ne veut pas attirer l'attention. Elle se plaît aux tâches de la lessive. Elle se sent une liberté de mouvements, loin des regards. Une liberté qu'elle ne peut avoir à l'habitation. Elle pourrait s'échapper peut-être, mais elle n'y songe pas. Pour aller où et vers qui ? Sans moyen de subsistance, il est difficile de survivre dans la forêt environnante.

L'eau froide du courant miroite sous la clarté aveuglante.
Elle aime ces moments où le soleil frappe sa nuque tandis qu'elle tord les lourds draps de lin et qu'elle essore les épaisses chemises. Les jupes relevées et attachées à la taille, à mi cuisses dans la rivière, elle frotte les étoffes de ses pieds nus. Ses hanches ondulent à droite, à gauche.
Elle danse sur la musique soyeuse de l'eau.

Les grains de sable roulent sous ses pieds. La lessive devient plaisir. La sueur se fraie un chemin entre ses seins et sinue dans son dos. Elle entre dans le torrent revigorant, elle se baignera habillée. Ses vêtements sècheront sur elle, petit à petit, quand elle remontera à l'habitation.

Le hennissement d'un cheval la fait sursauter. Elle fait volte-face. La haute silhouette du maitre est devant elle. Le regard impénétrable, le chapeau sur les yeux. Elle reste immobile, raidie, terrorisée. Il descend de sa monture et s'avance vers elle. Il marche comme les félins, souplement, le buste un peu ramassé, sur de saisir sa proie. Elle est inconsciente du spectacle qu'elle offre, son vêtement trempé.

Elle n'a jamais vu d'yeux de cette couleur. Ils semblent refléter le feuillage des bambous, le gris des pierres de la rivière. Couleur de savane et de forêt. On dirait que les étoiles du verseau ont éclaté dans les prunelles mordorées.

La peur s'évanouit. Elle retient son souffle et attend.

Elle affrontera le maitre le regard droit, sans ciller, quitte à être fouettée. Elle ne baissera plus jamais les yeux. Elle distingue mieux les sourcils arqués, la bouche charnue, les boucles brunes collées de sueur dans son cou.

Il est grand, très grand. Il est tout près d'elle. Elle sent son odeur. Le parfum frais du vétiver, mêlé à des épices sucrées. Il tend la main vers elle, la pose doucement sur sa nuque. Le contact de sa peau sur la sienne la fait frissonner. Une douce chaleur envahit ses reins.

La Roxelane

Il la saisit par les épaules et lui prend furieusement la bouche. Elle halète éperdue. Morsures.

Il l'entraîne sous le couvert des arbres, dans l'ombre des feuillages. Elle devrait avoir peur, mais elle n'a pas peur. Il la couche dans l'herbe. Plaqué contre elle, il appuie sa virilité contre son ventre. Il la regarde. C'est une enfant. Son regard s'attarde sur ses seins palpitants qui tendent l'étoffe, la taille fine, glisse sur les hanches délicates.

Sa main soulève sa jupe et remonte le long de ses jambes. Sans la quitter des yeux, il presse son intimité. Il déchire sa blouse et découvre les petits globes dressés, aux auréoles sombres. Il enfouit son visage entre ses seins, elle sent les pointes se durcir tandis qu'il mordille la chair tendre. Elle étouffe un gémissement.

Le souffle court, il la pénètre et baise son cou, ses épaules, ses bras. Sa chair s'embrase. Elle s'entend crier de douleur. Son poids sur elle la surprend.

Et les gestes millénaires, la chanson éternelle, la danse du fond des temps lui reviennent. Elle enserre son dos de ses jambes et s'agrippe à sa chemise tandis que la tempête les emporte. Elle ne sait pas à qui est cette voix qui gémit et qui pleure. Il s'abat sur elle dans une dernière volte.

Un vol d'oiseaux fait bruisser les feuilles au-dessus de leurs têtes.

Elle retiendra longtemps de son innocence envolée, le parfum âcre des herbes écrasées sous leurs corps.

X - BORDEAUX, 1820

Le jour n'est pas encore levé. Il s'est chaussé de bottes chaudes et a endossé une veste épaisse. Marcher dans les vignes l'apaise. Le chien sur ses talons hume l'air et file de temps en temps sur les mulots débusqués. Il aime profiter du calme de la campagne quand l'aube va poindre. Le fusil cassé sur l'épaule, son instinct de chasseur guette les bruits furtifs des animaux qui s'éveillent et fuient à son approche. Du coin de l'œil, il surprend les vols des buses et éperviers posés sur les ceps. Des perdreaux picorent les grains de raisins oubliés des vendangeurs.

Tout est si différent ici. Des rangées monotones de moignons, bruns et tristes, s'étalent autour de lui. Par endroits, la vigne parait échevelée. Les paysans ont commencé la taille et tous les vingt mètres, il doit éviter les sarments entassés méthodiquement. Il bifurque vers les bois pour gagner un sol plus agréable. Le tapis de feuilles mortes crisse sous ses pas. Il ne s'habitue pas à cet air humide et froid qui brule la gorge.

Un froissement l'alerte. C'est un chevreuil. Fin et délié, l'animal ne l'a pas encore senti, occupé à brouter le feuillage des hêtres. Mais le chien flairant l'odeur musquée l'a repéré. L'animal tourne la tête, présentant son profond regard, presque humain. D'un bond souple et agile, il esquive l'épagneul et disparait sous les fourrés. Il sourit devant la grâce du chevreuil.

La nostalgie l'envahit. Il n'aime pas l'automne, cet entre-deux après les vendanges, qui laisse les champs nus et désolés. Qu'elles étaient belles les marées vertes ondulantes de l'île ! Seuls les bosquets d'alamandas venaient heurter la grève des cannes. Qu'ils étaient doux les alizés, quand l'air tiède venait caresser la peau!

Demain, il prendra son cheval et poussera plus loin dans les collines.

XI - ZENITH

Rien ne manquait à sa vie. Ces années atteignaient la perfection. Tout était fluide et simple. Les efforts qu'avaient déployés ses aïeux et que Pierre avait perpétués, étaient aujourd'hui récompensés. Il vivait dans l'opulence et menait son habitation d'une aisance naturelle. Le travail lui était aussi plaisant que les richesses accumulées. Il lui semblait que tous prenaient part de façon volontaire à cette prospérité. Ses décisions visionnaires, son acharnement obstiné à faire défricher de nouvelles parcelles, à racheter les terres de petits blancs, portaient leurs fruits. Ses placements donnaient les rendements escomptés et les bénéfices assureraient sa richesse encore longtemps.

Il était puissant, craint et respecté. On murmurait de loin en loin sur son passage, mais avec envie, admiration et complaisance. Les hommes recherchaient sinon son amitié, du moins ses faveurs. Sa franchise désarçonnait et pouvait le rendre brusquement incisif et acerbe envers ceux qu'il voulait dominer. Sa beauté brute, sa forte carrure, sa haute taille, son corps massif, lui valaient les regards énamourés des femmes de toute condition. Mais ces honneurs, cette reconnaissance de sa puissance avaient aujourd'hui moins d'importance. Il ne les recherchait plus. Les séductions de salon et les défis à ses pairs pratiqués autrefois l'ennuyaient. La chevelure épaisse, l'odeur ambrée, les membres nerveux, le cou gracile, les yeux étirés, la peau moirée luisante de sueur. Tous ces délices peuplaient désormais ses jours et ses nuits.

Il ne se rassasiait pas des tourments de l'amour qu'ils faisaient.

Elle se penchait sur lui, espiègle et le prenait dans sa bouche. Il regardait attentif, ces épaules modelées, la courbe fuyante de ses reins qui s'élargissait sur ses splendeurs. La chaude humidité de ses lèvres lui enlevait toute réflexion. Il se laissait aller à ces voluptés offertes.

Elle se coiffait nue devant la psyché et lui présentait la corolle de son dos, ses chevilles fines, ses jambes jaillissantes, ses fesses rebondies. Il se pressait contre elle, palpant la chair ferme et pulpeuse. Elle renversait la nuque sur son cou lui offrant les replis chauds à baiser. Sa main cherchait la toison, faisait se cambrer la taille souple. Soumise, elle ployait son dos, fermement retenue par sa poigne. Elle gémissait sourdement tandis qu'il forçait peu à peu les douces rondeurs. Le murmure continu de ses plaintes de plaisir emplissait ses oreilles, précipitant son étreinte.

Il s'agrippait aux hanches nerveuses, prenait sa chair à pleines mains, devenait fou, disait des mots de passion. Elle l'encourageait de la voix, du regard, du geste. Abandonnée, elle lui faisait partager son plaisir. Sur sa peau, la jouissance faisait courir un tremblement scintillant.

Dans le cocon du lit à baldaquin, parée des bracelets d'or qu'il lui avait offerts, elle s'amusait à faire tinter les mailles des bijoux. Seuls les colliers *forçats* restaient sagement alignés sur la coiffeuse. Elle n'aimait pas ces mailles qui rappelaient des chaines. L'esprit embrumé, il rampait vers elle.

Dans le courant clair de la Roxelane, il voyait l'ombre de sa toison quand elle se baignait à côté de lui. La tête ceinte d'une coiffe qui matait la chevelure. Le tissu noué à trois bouts affirmant que son cœur était pris. Les herbes froissées de la rivière où ils s'étendaient après le bain accueillaient leurs corps repus.

Elle dansait parfois sur une musique inaudible. Il aimait ces bras levés, les claquements secs des bracelets, ces épaules rejetées, cette gorge offerte, ces regards coulés, ces tourbillons de jupons, ces mouvements de chevilles qui faisaient tournoyer ses hanches.

Les heures chaudes de la sieste où son corps lisse roulait dans les draps frais. Débarrassé de la robe de madras et des corsages aux dentelles savamment compliquées.

Les douces soirées sans crépuscule où les chants des grillons vrillaient l'air. Ils goûtaient ces joies si fragiles, si neuves.

Il n'avait jamais rencontré cette calme douceur, cette gaieté et cette gravité. Elle était paradoxale. Elle n'était pas résignée, encore moins soumise. Elle pouvait verser dans l'indolence la plus totale, comme dans l'engouement le plus spontané. Elle acceptait en silence, sans plus jamais les craindre ses duretés, ses impatiences et ses emportements. Elle paraissait comprendre le fil ténu de l'existence, la sienne d'abord, fragile et incertaine, mais aussi celle de son amant et maitre. Innocente et savante, il lui semblait qu'elle avait mille ans.

Quand elle ployait sa taille sous lui, ses paupières parfois se relevaient, elle était détentrice de secrets connus d'elle seule. Il cherchait en la possédant à atteindre les tréfonds de son âme. Elle répondait à ses attentes avec passion, mais toujours, une infime poussière, un frisson passait hors de sa portée.

Pourtant elle était sienne, aussi complètement qu'on pouvait l'être. La confiance qu'elle avait en lui. Il avait droit de vie et de mort sur elle. Elle voulait se hisser jusqu'à lui, pour lui plaire, le mériter. Elle s'était débarrassée de cette soumission angoissée qu'avaient tous les esclaves de son habitation.

Elle disait oui et faisait ce qu'on lui disait, mais toujours un éclat au fond des yeux brillait, prêt à jaillir.

Elle accompagnait ses nuits mais aussi ses jours. Avec une avidité retenue, elle lui posait parfois des questions sur ce qu'elle ne comprenait pas. Mais elle préférait observer et regarder en silence.

Un jour qu'il remplissait ses livres d'inventaire, elle avait émis l'étrange désir de comprendre les signes qui noircissaient les pages. Cela l'avait d'abord amusé. Il n'en voyait pas l'utilité. Mais elle avait eu un regard grave, impénétrable et avait baissé la tête. Veux-tu vraiment savoir ?... avait-il demandé. Elle avait acquiescé, bridant son élan et pleine d'une joie retenue. Il avait accepté. Cela occuperait quelques-unes de leurs journées.

Elle voulait pénétrer un domaine qui appartenait à son amant, un domaine où elle n'avait aucune place, où elle sentait que des choses invisibles et importantes avaient cours.

Au début, elle peinait sur les signes minuscules qu'il reproduisait pour elle sur un registre vierge. Appliquée et entêtée, elle ne se décourageait pas et répétait après lui le nom des lettres. Tous les jours elle lui réclamait le moment où elle pourrait écrire elle aussi. Intelligente et mue par une volonté qui semblait la surpasser, elle progressait lentement mais elle progressait. Il lui faisait recopier les lignes d'inventaire.

Terres boisées : 375 ha.
Terres plantées en canne : 400 ha.
Terres en friche : 15 ha.
Pâture : 30 ha.
Esclaves mâles : 180 têtes.
Esclaves femelles : 220 têtes.

Bovins : 30 têtes.
Ovins : 70 têtes.
Caprins : 100 têtes.

Elle recopiait les lignes. Sans un mot. Et levait sur lui des yeux insondables. Il se sentait autre avec elle.

Ces refus et cette fierté, ces regards qui le perçaient avaient une âme. Était-il possible qu'une enfant ait pu changer le cours de son existence ?

XII - BORDEAUX, 1820

Assis à sa table de travail, il remplit ses livres de compte. Les finances du domaine ne sont pas reluisantes. Le vin d'excellente qualité est réputé dans la région, mais sa culture reste ingrate. Le nombre de bouteilles et l'étiquetage contrôlés par les douanes, les impôts, les droits d'octroi, les visites des agents de l'Etat, ces « rats de cave », alourdissent considérablement le prix de revient. Quel changement après l'opulence dans laquelle il vivait ! L'amertume et le regret le saisissent. Il referme rageusement ses registres et sort pour une balade à cheval.

L'alezan trotte avec entrain sur les chemins de la campagne. Il aime ce cheval un peu massif à la belle crinière blonde. D'une infime pression des genoux, d'un léger mouvement de ses doigts gantés sur les rênes, il mène sa monture sans à-coups. Les fins pur-sang faits pour la course ne sont pas à leur aise sur ces terres lourdes et argileuses. Les masures des métayers s'éloignent de sa vue. Ne subsistent que les fumerolles des cheminées tandis qu'il avance vers la forêt. Les sous-bois sont encore feuillus pour quelque temps avant l'hiver. Une douce lumière orangée traverse la futaie apportant un peu d'éclat à cette morne journée. Le rythme du trot l'apaise et le rassérène, il laisse pendre la bride. Comme s'il devinait les pensées de son maître, le cheval progresse vers les collines qui se dressent au loin.

Pour la prochaine saison, mettre en jachère les parcelles du Nord, planter en grenache celles des Constants, arracher les vieilles vignes de syrah des Combes, les remplacer par de nouvelles boutures... Dès demain, il donnera ses consignes aux paysans.

Un pépiement plaintif interrompt ses préoccupations. Une poule faisane est prisonnière d'un piège posé par les braconniers. Elle n'est pas morte et bat encore des ailes. Quand il arrive à sa hauteur, son œil le fixe avec courroux avant de se voiler. Il est envahi de tristesse. Elle aussi s'était mise en colère, une fois, une seule…

XIII – REVOLUTION

1789 Guerre et Nation

La Société des Amis des Noirs ose donc espérer que la nation française regardera la traite et l'esclavage des Noirs comme un des maux dont elle doit décider et préparer la destruction. Nous vous conjurons d'insérer dans vos cahiers une commission spéciale, qui charge vos députés de demander aux Etats Généraux l'examen des moyens de détruire la traite et préparer la destruction de l'esclavage.
Lettre du Marquis de Condorcet à tous les baillages de France, en vue des Etats Généraux de 1789

Sur l'habitation, règne une agitation inhabituelle. Lucella lit la gazette aux autres esclaves. L'un des libres de fait de l'habitation se l'est procurée en ville. Sur les pages froissées, des mots incroyables il y a encore si peu de temps. Une impatience, un fol espoir agitent les esprits. Un mot oublié pour la plupart d'entre eux, mais très vif pour les *bossales*, nouveaux capturés les années précédentes. Ils n'osent pas le prononcer de peur d'être entendus, mais il résonne dans leur tête et vient battre à leurs tempes.

Liberté. Ce mot auréolé d'un éclat audacieux. Comment pouvaient-ils croire ces blancs arrogants, qu'ils pourraient continuer ainsi jusqu'à la fin des temps ? Pensaient-ils que les atroces châtiments et leur infinie cruauté empêcheraient la révolte de la Nation ? Cette Nation noire prête à prendre les armes si on les lui donne.

Un souffle brulant se lève venu d'au-delà des mers. Pas seulement à la Roxelane. Dans toute l'ile, un frémissement court. Pendant que l'inquiétude saisit les colons qui font doubler les gardes près des belles demeures.

Dans la chambre, Lucella rebelle est dressée face à Pierre. Il ne reconnaît pas ces yeux sombres où se liquéfie son courroux. Ces mêmes yeux où elle lui dévoilait parfois son âme entière et inébranlable, en un éclair. Elle les darde maintenant sur lui, sans ciller, durs et pleins d'une fureur contenue. Elle s'est faite suppliante et câline mais il pensait à un jeu et a à peine prêté l'oreille. Maintenant elle est debout devant lui, flamboyante. Il se relève, alarmé.

— Tu m'écouteras, même si tu me fais fouetter ensuite. Tu m'écouteras ...

Il hausse un sourcil ombrageux.

— Que dis-tu ? Te fouetter ?! Ne me tourmente pas ainsi. Viens plutôt ici ma chatte douce.

— Non Pierre ! Tu ne comprends pas ! Le temps est venu. Nous ne pourrons continuer plus longtemps comme cela.

— Que crains-tu ? Personne ne te menace tant que je suis là.

— C'est bien cela ! Tant que tu es là. Je suis à ta merci. Pourquoi décides-tu de mon sort ? Pourquoi certains sont-ils libres et d'autres non ?

La Roxelane

— Ma tendre, je t'affranchirai, je te le promets.
— Oui, tu ferais cela, mais pourquoi seulement maintenant ? Et parce que je t'en parle ? Ouvre les yeux. Ne vois-tu pas que tous les Noirs doivent être libres ? Que ce n'est pas naturel qu'ils soient esclaves ? Je ne veux pas la liberté pour moi seule mais pour tous ! Tu entends ?... tous !
— Je ne suis pas Dieu. Ce n'est pas moi qui ai voulu cela, c'est dans l'ordre des choses. Je n'ai pas le pouvoir de supprimer l'esclavage...
— Si ! Tu peux ! En France, des hommes en parlent. Ils disent que nous sommes leurs égaux, que nous tenir dans les fers n'est pas humain ! Que ceux qui le font ne sont pas eux-mêmes des hommes ! Il n'y a pas d'esclaves en France ! Pourquoi y en a-t-il ici ?
— Comment le sais-tu ?
— Les journaux le disent.
— Tu lis les journaux ? Depuis quand ? C'est pour cela que tu voulais apprendre à lire !? Pour me trahir ?
— Non Pierre, je ne te trahis pas, je veux être une vraie femme. Une femme libre, digne de moi, digne de toi. Et tu ne pourras pas empêcher que les choses arrivent. Car elles arriveront, crois-moi.

Elle se tourne vers la porte qu'elle ouvre à la volée dans un tourbillon de jupons.

— Lucella ! Attends ! Je t'ordonne...

Il n'entend que le bruit de ses pas qui dévalent l'escalier.

Les jours suivants, dans des discussions où elle osera le braver, elle lui dira tout. La révolte qui couve chez les Noirs, même les mieux traités, surtout les mieux traités et les plus instruits. Ceux qui touchent du doigt la liberté que donne la connaissance. L'humiliation d'être esclave, même si elle est libre de ses mouvements, l'assujettissement, l'humiliation d'être un bien meuble que l'on peut revendre, la conscience douloureuse de ne pas s'appartenir et décider de sa destinée.

Pierre est interloqué. Il est loin d'être un maitre rude et sans sentiments. Il fait régner la justice sur son habitation et le commandeur sait qu'il n'a pas tout pouvoir. Il ne comprend pas la rébellion soudaine de la jeune femme. Il fait tout pour ses Noirs, aucun ne souffre.

Elle clame qu'il ne s'agit pas de souffrance physique, mais de souffrance de l'âme ! Que sait-il de tout cela !? Lui qui n'a jamais eu à subir le joug d'un autre.

Les esclaves disent qu'autrefois ils étaient libres. Que les blancs les ont arrachés à une terre ancestrale, loin, au-delà des mers. Que les pères des pères des Noirs l'ont dit durant des veillées et des veillées. Qu'ils se sont transmis des chants et des danses du temps où ils étaient libres. Ce n'est pas Dieu qui a voulu l'esclavage, mais vous ! Les blancs ! Et pour votre profit. Sinon qui couperait votre canne !? Qui charrierait les tonneaux de sucre sur les bateaux !?

Je suis comptée dans tes livres comme tes bœufs, comme tes moutons ! Elle crie, s'enflamme. Dit qu'elle

La Roxelane

partira, qu'elle se sauvera ! Qu'elle perdra tout, la sécurité avec lui, la vie peut-être, mais qu'elle ne sera plus esclave ! Plus jamais ! Elle prendra sa liberté, elle rejoindra les mulâtres de Saint-Pierre qui se battent avec la Société des amis des Noirs.

Pierre essaie de la ramener à la raison et la saisit aux épaules. Il la secoue brutalement. Elle tremble, s'affaisse sur le sol et se met à pleurer. Les larmes coulent silencieusement sur ses joues de sapotille. C'est la première fois qu'il la voit pleurer. Il en est bouleversé. Elle, si endurante. Il la caresse, l'embrasse, la serre contre lui. Tu es ma fille, mon enfant, ma toute petite fille. Il la berce pendant qu'elle continue de trembler. Elle essaie de se débattre pendant qu'il l'allonge sur le lit tout proche. Puis le presse à son tour, s'agrippe à lui. L'amour qu'ils font les laisse épuisés.

Nous savons que nous sommes libres, vous souffrez que ces peuples rebelles résistent aux ordres du roi. Eh bien, souvenez-vous que nous Nègres tous tant que nous sommes, nous voulons périr pour cette liberté ; car nous voulons et prétendons l'avoir pour quelque prix que ce soit, même à la faveur des mortiers, canons et fusils.

Est-ce que le Bon Dieu a créé quelqu'un esclave ?

A la faveur des coups nous l'aurons, car nous voyons que c'est le seul moyen d'en venir à bout. Des torrents de sang couleront aussi puissants que nos ruisseaux qui coulent le long des rues.

La Nation

Le commandant de la ville de Saint-Pierre est interloqué en lisant cette missive. Qui a pu écrire cette lettre au nom des esclaves dans ce style si châtié ? Les planteurs prennent bien garde de ne pas les instruire. Même leurs fils ne reçoivent qu'une éducation sommaire avec les précepteurs. Seuls les plus aisés suivent un cursus en métropole. Comment les esclaves en sont-ils venus à croire qu'ils sont libres ? Quelle information complètement déformée a pu filtrer à la colonie pour qu'elle parvienne aux oreilles des Noirs ? Par quelle confusion imaginent-ils qu'ils sont libres ? Bien sûr, la nation française est libre.

Peut-être que les esclaves qui se nomment eux-mêmes *nation*, ont pu croire que la Déclaration des droits de l'Homme et du Citoyen pouvait les concerner ? Inimaginable !

Il a pourtant recommandé la prudence lors du dernier conseil. Ne pas discuter des événements de la patrie devant la domesticité. Cela allait de soi. Mais les miliciens de couleur servent d'estafettes pour l'administration. Ils ont pu lire les plis aux esclaves, les aider à en rédiger. Sans compter les mulâtres de Saint-Pierre lettrés et cultivés.

Troublé, il donne des ordres pour intercepter les correspondances des libres de couleur et de la métropole. A compter de ce jour, plus aucune lettre ne doit leur parvenir.

La réponse à ces mesures ne se fait pas attendre. Le lendemain, c'est le gouverneur Vioménil qui reçoit une pétition.

Grand général,
La Nation entière des esclaves noirs supplie humblement votre auguste personne de bien vouloir jeter un regard d'humanité sur la réflexion qu'elle prend la liberté de vous faire.

La Nation entière des esclaves noirs réunie ensemble, ne forme qu'un même vœu, qu'un même désir pour l'indépendance et tous les esclaves d'une voix unanime ne font qu'un cri, qu'une clameur pour réclamer une liberté qu'ils ont justement gagnée par un siècle de souffrance et de servitude ignominieuse.

Dieu ne pouvant souffrir plus longtemps tant de persécutions, a sans doute commis à Louis XVI, le grand Monarque, la charge de délivrer tous ces malheureux chrétiens opprimés par leurs injustes semblables ; et vous fûtes élu, vertueux Vioménil, pour nous annoncer cette heureuse nouvelle. Nous attendons tout de votre équité.

La Nation entière

La Roxelane

Après recherches, on apprend au gouverneur que la pétition a été rédigée par Alexis Casimir, un Noir qui a longtemps séjourné en France, au service d'un prince. Il y a découvert l'art oratoire et le théâtre. Le gouverneur a beau faire, les libres de la ville, commerçants, nègres à talents, affranchis reçoivent les nouvelles de France. Ils savent qu'à Paris, quatorze libres ont mis au point le cahier des doléances.

Dans l'ile, les plus cultivés apprennent par les documents publics et les gazettes, les événements de la lointaine métropole. Ils découvrent ce qu'étaient les affranchis à Rome. Ils ont vent des combats des philosophes en leur faveur. A Paris, Brissot et Condorcet ont fondé la société des Amis des Noirs.

Les rues bruissent de murmures d'espérance. La République apporte l'égalité entre les hommes. La Déclaration des Droits de l'Homme et du citoyen considère que tous les hommes sont égaux. Et les nouvelles d'émancipation prochaine gagnent les campagnes, se répandant dans toutes les habitations.

Le trente août, la nuit est tombée quand la Nation se rassemble au bord de mer. Des centaines de flambeaux éclairent la multitude de visages luisants, les barbes rêches, les regards déterminés. On y voit comme en plein jour. Les mains brandissant des armes de fortune. Fourches, pioches, houes, coutelas. Outils du joug et de la soumission. Quelques-uns ont des fusils, des pistolets. Ils sont presque huit cents de Saint-Pierre en marche vers la plantation Valmenier. Ils doivent rejoindre les ateliers des autres bourgs. Ils seront plus de mille pour se rendre en force chez le gouverneur, exiger leur dû.

Liberté. Ce mot scande leurs pas, rythme les battements de leur cœur. Liberté. Ce qu'on n'aurait jamais dû leur enlever. Liberté. Ce qu'ils doivent regagner.

Soudain, des martellements de sabots sur les pavés, une cavalcade, des hennissements. Des cris de rage et des exhortations accompagnent le galop des chevaux lancés à pleine vitesse. Jaillissant de la nuit, les bêtes et leurs cavaliers viennent heurter le mur de corps abasourdis. Les miliciens tirent dans le tas, piétinant les hommes sous les montures. Dans la panique, les esclaves essaient de se défendre, attrapent les rênes, tentent de désarçonner les gardes. Le combat est inégal, de nombreux corps restent à terre. Ceux qui le peuvent, fuient et se dispersent dans les ruelles proches. Cette nuit-là, beaucoup gagneront le couvert de la Montagne Pelée pour rejoindre les marrons.

Dès le lendemain la milice organise la chasse aux rebelles. Plus de deux cents sont capturés. Les meneurs sont condamnés à mort devant l'église du Mouillage, pour l'exemple.

La nouvelle de la Révolution française parvient à Saint-Pierre en septembre. Un feu de poudre embrase les habitations, les mois qui suivent sont troublés par les rébellions dans toute l'île.

La Roxelane

1790

La Révolution a un an. Les patriotes blancs, grands propriétaires, sont favorables à la République. Ils espèrent secrètement qu'elle leur ouvrira la porte de l'autonomie, à l'instar des tout jeunes Etats-Unis d'Amérique. Qu'ils seront débarrassés des taxes, de la capitation sur leurs esclaves et de tous les dictats de la métropole.

En cette matinée de juin, le soleil est déjà haut dans le ciel. Une allégresse diffuse plane sur Saint-Pierre. C'est la Fête Dieu, la fête du Saint Sacrement. Une procession militaire ira rendre grâces à l'église et défilera dans les rues. Les miliciens sont rangés par compagnies et arborent fièrement la cocarde aux trois couleurs. Les couleurs de la jeune République. C'est l'occasion de sortir le nouvel uniforme. Les boutons d'argent étincellent sur le drap des vestes bleues. La foule est nombreuse pour les acclamer, grands blancs, petit peuple de Saint-Pierre, commerçants, marins, pêcheurs et flibustiers.

Les mulâtres se préparent à suivre. Ils font partie du bataillon de la paroisse du Fort. Ces derniers mois, ils ont aidé au rétablissement de l'ordre dans les quartiers du nord et ont parcouru les campagnes pour retrouver les marrons. Fiers et émus à l'idée de défiler, pressés de participer à la liesse.

Mais ils sont refoulés sans ménagement par les petits blancs de la procession. Sans propriété foncière

La Roxelane

et sans réel métier, ceux-ci sont envieux de l'aisance étalée des libres. Bientôt, ils seront déclassés. Si ces mulâtres obtiennent le droit de vote dans les assemblées, ils seront leurs égaux. Seule la couleur les différenciera. Ces patriotes blancs ne peuvent pas le supporter.

— Pas question qu'ils portent aussi la cocarde !
— Ils n'ont pas le droit de vote ! Ils ne doivent pas défiler avec nous !

Les mulâtres se défendent.

— Nous sommes des patriotes ! Comme vous ! Et nous sommes des hommes libres ! Vous n'avez pas le droit de nous l'interdire ! Nous porterons la cocarde !

Un libre repousse un blanc qui le serrait de près. C'est le signal qu'attendait la foule. En un instant, des flibustiers placés parmi les spectateurs massacrent les trois officiers à la tête de la compagnie de couleur. Les libres ne sont pas assez nombreux pour s'opposer à la vindicte du petit peuple blanc. Elle se déchaine sur tous les mulâtres même ceux qui ne participaient pas au défilé. Les marins entrent dans leurs maisons, les sortent de force avant de les mener sur la place publique. La tuerie qui s'ensuit est épouvantable.

Dans l'après-midi sur l'habitation, un attroupement s'est créé. Les esclaves grondent.

— C'est atroce ! Les soldats ont tué les libres de la procession ! Ils n'ont pas voulu qu'ils défilent avec la cocarde de la Révolution !
— Les Blancs ont tiré sur le charpentier du port, sur le tailleur, le boulanger... ! Ils ont lynché

les autres ! Le sang a coulé à flots dans la Grand-rue !
— Ils les ont massacrés ! Ils sont entrés dans les maisons des mulâtres pour les pendre ! Le tocsin n'a pas arrêté de sonner ! Vous n'avez pas entendu !?

Lucella s'est faufilée pour comprendre ce qu'il se passe. Elle est bousculée et prise à parti par un esclave, bientôt imité par les autres qui donnent libre cours à leur rancœur. Sa position favorisée l'a désignée un temps à la vindicte et à la jalousie. Les intrigues pour détourner d'elle l'attention de Pierre ou la remplacer par une autre ont foisonné, avant de se heurter à l'attachement qui les unit. Son amant n'a jamais été dupe des manigances et infimes sabotages de la vie domestique qui ont voulu entacher la passion qu'il éprouve pour Lucella.

Edèze joue des coudes pour rejoindre sa protégée qu'elle défend avec fougue. Elle impose sa corpulence au groupe qui s'est formé. Si une femme de leur race est dans le lit du maître de sa propre volonté, qui sont-ils pour le lui reprocher ? Elle n'en tire pas avantage seulement pour elle puisqu'elle défend aussi leur cause. Le maître peut la supplicier pour cela, malgré tout le besoin qu'il a d'elle. Les grondements des esclaves s'apaisent quelque peu, comme les vagues qui se retirent de la grève.

Les esclaves commentent les événements qui se précipitent. Une confusion est née du décret qui accorde la citoyenneté aux mulâtres, sans que ne soit évoqué le droit de vote aux assemblées. Mais les blancs pauvres et modestes de l'ile ne souhaitent pas l'égalité des droits pour les libres. Eux-mêmes ne peuvent pas voter s'ils ne possèdent pas un certain nombre d'arpents ou s'ils ne paient pas la capitation selon le nombre d'esclaves possédés. Rien hormis la couleur ne les distinguera plus d'une catégorie qu'ils considèreront toujours comme inférieure.

— Mais oui, les mulâtres de la ville sont déjà plus riches qu'eux, ils sont propriétaires, alors si en plus ils votent…

Le commandeur s'est approché.

— Dispersez-vous ! Dispersez-vous ! Pas de rassemblement !

Edèze le toise dédaigneuse, d'un regard coulé, un long sifflement méprisant entre les lèvres.

— Qu'est-ce qui te prend toi-même, han !? Fais attention maintenant de ne pas prendre un mauvais coup !

— Je vais te faire voir ce qui me prend !

Edèze s'est tournée vers l'homme de toute son ampleur, le menton relevé, les poings sur les hanches, les autres esclaves, derrière elle.

— Mais oui ! Essaye pour voir ! Tchiiip !

Dès le lendemain autour de Saint-Pierre, les marrons rejoignent les milices de couleurs. Des troupes assoiffées de vengeance parcourent les campagnes, pillant les habitations, brulant les sucreries, assassinant des colons. La terreur dure plusieurs mois et s'étend à l'ile entière.

L'An I, 1792

Dans la salle du conseil, de part et d'autre de la longue table d'apparat, les chaises désordonnées sont repoussées dans la précipitation. La plupart des colons sont debout et suivent deux hommes qui se dirigent vers la porte à grandes enjambées. Les autres ont l'air surpris et ébahi de ceux qui comprennent tardivement les événements qui pourtant se déroulent sous leurs yeux. Ils se lèvent à regret pour suivre le mouvement. Pierre, les yeux flamboyants de colère apostrophe l'autre colon.

— Vous ne pouvez pas faire ça !

— Réfléchissez Pierre, c'est une occasion inespérée. Elle ne se présentera pas de sitôt. Nous avons enfin la possibilité d'être autonomes et de ne plus dépendre des arbitraires de l'Exclusif...

— C'est ce que vous croyez !? Mais vous changerez seulement de maitre. Pensez-vous que les Anglais vont vous laisser agir à votre guise ? Et commercer avec qui bon vous semble ? Ils saisiront vos biens et s'installeront sur vos terres ! Nous sommes en guerre contre eux !

— Soit vous êtes avec nous, soit vous êtes contre nous. Soyez raisonnable.

— Vous ne pouvez pas vous déclarer traîtres à votre patrie ! N'avez-vous donc aucune fierté ? Ni aucun honneur ?

— Notre patrie ? Ce n'est plus notre patrie ! Cette France gouvernée maintenant par un ramassis

de ..., de comment dit-on ? Les sans-culottes ! Ils ont osé emprisonner le Roi Louis XVI ! Ce sont des gueux qui méritent la corde après tous les supplices. Comment pouvez-vous, fils d'aristocrate vous-même, adhérer à cette... cette République ! Qui n'a de républicain que le nom ! Qui tue et massacre au prétexte que les nobles doivent maintenant partager leurs richesses ! Quand ils sont nobles et riches par la grâce de Dieu !
Un autre colon prend la parole :
— Et ce décret de la Convention ?! Elever au rang de citoyen tout homme de couleur et tout noir affranchi ! Comme s'ils pouvaient être nos égaux ! Cette loi ne sera jamais appliquée ici ! C'est vous Pierre qui ne respectez rien et n'avez pas d'honneur !

Le coup est parti. Un coup de poing sur la mâchoire dès les derniers mots prononcés. L'homme a chancelé et se tient la joue. Blême de rage, déjà Pierre est sur lui et le frappe encore. Le colon est à terre. Pierre l'agrippe au col :
— Debout, espèce de renégat ! Prêt à trahir son pays, à donner sa terre !
Les autres planteurs se précipitent pour les séparer.
— Arrêtez ! Arrêtez ! Ce n'est pas entre nous qu'il faut se battre. Nous ne sommes pas des ennemis !
Un des békés retient le bras de Pierre qui se dégage, essoufflé et hors de lui. D'un regard de mépris,

La Roxelane

il englobe toute l'assemblée scandalisée avant de sortir en claquant la porte.

Le brouhaha naît aussitôt.

— C'est inqualifiable !

— Honteux !

— Il faut l'empêcher de nuire !

— Calmez-vous ! Calmez-vous ! Tonne une voix qui domine celle des autres. Le béké qui a retenu les coups de Pierre lève les mains d'un geste impérieux. Nous devons destituer de Bourdeuil de ses fonctions de chef du conseil et de la milice. Son attitude nous y oblige. Il ne peut bien évidement plus assurer ce rôle.

— Il faut d'abord empêcher ce Rochambeau de débarquer ! Ce nouveau gouverneur ne doit pas prendre le commandement de l'île !

— Oui ! Empêchons-le !

— Le drapeau royaliste doit flotter sur l'île. Nous devons garder la bannière du roi sur le Fort. L'envoyé de ce régime illégitime ne doit pas accoster ici ! Pas question de faire appliquer ce décret inique !

— Vous vous rendez compte ? Donner et galvauder la citoyenneté aux affranchis ! Cela ne peut qu'apporter plus de désordre dans la colonie. Ils ne seront jamais nos égaux !

Le béké reprend :

— Nous irons trouver Dubuc et nous allier fermement avec lui. Il ne faudrait pas que les Anglais nous prennent pour ennemis, quand nous avons les mêmes intérêts. Ils sauront protéger nos familles et préserver nos plantations et nos terres de cette engeance révolutionnaire.

Sainte-Anne

Dans la taverne, l'air est lourd et chaud. Les alizées ne parviennent pas à rafraichir l'atmosphère moite de la discrète échoppe. Pierre plisse les yeux dans la semi-pénombre de l'après-midi. Les conversations s'arrêtent. Le patron, un petit homme sec et barbu se précipite vers lui. Par ici, par ici. Il le guide dans l'arrière salle où l'attend déjà Rochambeau.

Rochambeau le général de la République, auréolé du prestige de ce jeune régime qui a osé déposer une monarchie millénaire, qui a élevé au rang de citoyen les hommes de couleur et les noirs affranchis. Il a dû débarquer dans le sud de l'ile après que les colons de Saint-Pierre l'aient empêché d'accoster.

L'homme se lève dans un salut militaire involontaire, pour rendre une politesse à un colon qui aurait pu être un adversaire. Le menton pointé en avant il tend la main vers Pierre. Les deux hommes se saluent en se jaugeant. Rochambeau se rassoit et présente une chaise au planteur.

— Je n'irai pas par quatre chemins. Pourquoi voulez-vous vous rallier à moi ?

— Vous représentez la République et la France, mon pays. Je ne veux pas que la terre que mes ancêtres ont durement gagnée aille aux Anglais. Je suis patriote et favorable à la République, comme d'autres ici.

— Combien d'ares avez-vous ? Et combien d'esclaves ?

— Je possède quasiment tout le nord de l'île et j'ai quatre cents esclaves.

— Je ne suis pas abolitionniste mais je promets la liberté aux esclaves qui se battront dans notre camp. Je les armerai et les entrainerai à la guerre. Je n'ai que peu de soldats de métier avec moi, j'ai besoin d'hommes. Je suppose que vous n'êtes pas prêt pour cela ?

Pierre regarde Rochambeau droit dans les yeux.

— L'esclavage n'est pas un moyen rentable d'exploiter la terre. Il en faut toujours plus. Il faut les nourrir, bien les traiter, les vêtir. Même en en mettant des dizaines par tâche, il est difficile d'avoir le rendement escompté.

L'œil de Rochambeau frise.

— Et le fouet n'y suffit pas ?

Pierre foudroie l'envoyé de la République.

— Je n'ai jamais fouetté un esclave de ma vie !

— Pourtant on dit et on rapporte des choses horribles qui font frémir les bonnes âmes dans nos salons parisiens. Preuve s'il en était que les colons sont des êtres brutaux et sans humanité pour traiter ainsi leurs semblables.

— Je vous dis, moi, monsieur que je ne recours pas à ces procédés.

— Ah ! Et comment faites-vous pour vous faire obéir ? Quel intérêt ont ces esclaves à travailler sans relâche sur une terre qui n'est pas la leur, si ce n'est sous la contrainte ?

— Ils font ce qu'on leur demande. Aucun ne s'est jamais rebellé. Mais si je les affranchis, ils

La Roxelane

resteront sur mes terres. Où voulez-vous qu'ils aillent ? Enrichir la faune de va-nu-pieds du port ? Sur une autre terre ? Elles sont toutes aux blancs. Ils n'ont pas d'autre endroit où aller que chez moi.

— Et ces hommes que vous me décrivez comme des enfants sans ressources et sans but combattraient pour la République ? Pour un régime et un idéal qu'ils ne comprennent même pas ?

— Ils combattront pour moi si je le leur demande. Parce qu'ils voudront me suivre. A choisir entre un maitre qu'ils ne connaissent pas et moi, ils préfèreront rester et se battre avec moi.

— Bien. Rochambeau tapote de ses longs doigts fins sur la table. Et les autres colons ? Dans le reste de l'île ?

— A Saint-Pierre, vous l'avez vu, vous n'avez pas pu débarquer. Ils sont tous royalistes. Je suis le seul de ce quartier à me ranger de votre côté. Il faudra compter seulement sur quelques mulâtres possédants. Mais je connais plusieurs planteurs patriotes dans le sud qui pourront nous rejoindre.

L'An II, 1793

Rochambeau s'est installé dans une belle bâtisse située sur les hauteurs de Case-Pilote. Il se prélasse sur la véranda face à la mer. Eulalie, sa maitresse à la peau couleur de miel, vient le rejoindre avec un plateau où tintent les tasses de café. En trempant les lèvres dans le breuvage fumant, il songe au mot de Voltaire « le café doit être noir comme la nuit, chaud comme l'enfer et doux comme l'amour. » Le froissement du tissu damassé tendu par la démarche ondulante de la femme lui donne des impatiences. Il tend la main vers ses hanches et l'attire à lui. L'envoyé de la République est captif des attraits de la chair. Il ne résiste pas à la douceur de sa si savante conquête.

Il peut oublier un instant qu'il ne dispose pas d'assez d'hommes pour repousser une attaque anglaise, ni d'assez de numéraire pour payer les troupes. Il est obligé de maitriser l'impatience des patriotes et de repousser au lendemain les attaques contre les places fortes tenues par les royalistes. A l'instar de la métropole, il a été obligé de prendre des mesures contre les colons émigrés dans les îles anglaises. Il a mis les plantations sous séquestre, ce qui lui enlève des appuis précieux du côté des blancs.

Les jours suivants, il essaie de gagner du temps et de se sortir de l'impasse. Il cherche à se rallier les libres de couleur qui ont prêté allégeance aux planteurs. Il doit faire vite. Les royalistes, rebelles au nouveau Régime, encerclent Fort-de-France, la nouvelle République-ville et permettent le débarquement de colons émigrés.

Depuis plusieurs semaines, Pierre lui envoie des émissaires lui demandant d'organiser efficacement la défense de l'île. Le colon est tourmenté par les affres de l'inaction et de l'incertitude. Il n'affranchira pas tous ses esclaves. Il n'est pas possible d'offrir la liberté à tous. Et si Lucella partait elle aussi ? Comme elle l'en avait menacé ? A son corps défendant, il découvre qu'il se sentirait amputé d'une partie de lui-même. Il guette maintenant ses moindres changements d'expression et un manque douloureux l'étreint quand elle n'est pas près de lui.

La jeune femme est revenue à la charge. Elle ne comprend pas pourquoi l'égalité et la liberté annoncées tardent autant. Il temporise.

— Cela arrivera ma douce. Il faut le temps de ramener l'ordre et de se battre contre les Anglais.

— Peuvent-ils vraiment nous attaquer ?

— Ils n'attendent que cela ! Ils savent que nous sommes affaiblis et Dubuc a signé un traité avec eux qui livre l'île à l'Angleterre.

— Il a vendu l'île ? Mais que pouvons-nous faire ?

— Résister.

Elle se presse contre lui et pose la tête sur son épaule.

En avril, les Anglais entament le blocus de l'île. Le commerce est stoppé, aucun navire français ne peut prendre la mer ou accoster. Pierre ne peut plus supporter cette attente. Il se rend dans la redoute où s'est retranché Rochambeau. Le planteur exaspéré fait les cent pas.

— Vous disiez que nous en finirions rapidement avec ces diables rouges ! Voyez où nous ont menés toutes vos tergiversations. Pourquoi n'envoyez-vous pas des demandes de renfort à Sainte-Lucie ? L'île est toute proche. Lacrosse, le capitaine de vaisseau a bien été chargé par la Convention d'y porter le message du nouveau régime. Il pourrait nous secourir.

L'envoyé de la République toise le colon.

— Monsieur, gouverner n'est pas si simple. Vous ne connaissez rien à la politique et vous ignorez tout des arcanes de la stratégie. Il m'a fallu envoyer une partie de mes hommes en Guadeloupe et à Saint-Domingue pour mater des révoltes d'esclaves.

— La stratégie ! Il est bien question de stratégie. Et puis, vous promettez la liberté aux esclaves ici, quand vous réprimez les autres ailleurs !?!

— C'est bien assez de les compter dans nos rangs. Et nous leur faisons grand honneur en leur permettant de se battre à nos côtés contre d'autres blancs.

— Quel cynisme ! Vous êtes méprisable !

— Je ne suis pas philosophe et encore moins abolitionniste, je suis un soldat et je sers les intérêts de la République qui m'emploie. Je laisse les discussions de comptoir aux beaux esprits parisiens.
— Vous êtes un soldat dites-vous, alors agissez comme tel ! Nous sommes assiégés ! Ne le voyez-vous pas ? Les Anglais n'ont aucune raison de répondre à vos messages. Ils sont des milliers autour de l'île. Ils nous empêchent d'en sortir et nos vaisseaux ne peuvent pas accoster. Rien ne les empêche de donner l'assaut d'un jour à l'autre ! Et vous voulez parlementer ? De quel côté êtes-vous donc ?...
— Je vous interdis !
— Vous n'avez rien à m'interdire ! Je ne discuterai pas avec les Anglais et je ne laisserai pas ma terre sans combattre.

Rochambeau sait qu'il devra affronter les britanniques tôt ou tard. Pour les contrer, il crée un corps de quatre cents hommes de troupes légères appelés les Chasseurs de la Martinique et nomme Louis Bellegarde, un libre de couleur à leur tête. Les esclaves vont se battre dans ce bataillon avec l'espoir de l'affranchissement promis. Les Chasseurs forment une armée multiraciale composée d'hommes de toute condition, propriétaires, négociants ou artisans, avec plusieurs officiers et sous-officiers noirs. Hyacinthe, le frère de Bellegarde y combat aussi.

La Roxelane

L'énergie du jeune mulâtre, son ascendant et son éclat lui attirent l'enthousiasme de ses troupes. Ce qui contrarie Rochambeau. Les deux hommes en viennent à se méfier l'un de l'autre. Le général est décidé à réfréner les velléités de l'ambitieux.

Bellegarde apparait à la porte. Il claque à peine des talons et se met au repos, sans en attendre l'ordre. Ses airs de supériorité irritent Rochambeau au plus haut point.

— Citoyen général ! Vous m'avez demandé ?

— Les officiers sont venus se plaindre de votre arrogance.

— Quelle arrogance ? Je n'ai donné que des ordres sensés et justifiés. Vous m'avez nommé à la tête des Chasseurs. Je défends la côte comme vous me l'avez demandé.

— Certes, mais que cela ne vous monte pas à la tête. Je peux aussi vous démettre de vos fonctions.

— J'ai été élu à la tête des Républicains, j'ai toute légitimité pour commander sans vous.

— Prenez garde à vos paroles, je suis le gouverneur de l'ile. Quant aux officiers, ils ne seront pas patients très longtemps.

— Ce sont des blancs, ils ne supportent pas d'être dirigés par un mulâtre, voilà tout !

— Je vous ai prévenu de modérer votre zèle envers eux. Nous n'avons pas besoin de division au sein des troupes.

Rochambeau fait mine de consulter les cartes d'Etat-major
— Vous pouvez disposer.

Bellegarde salue et tourne les talons. Il redescend rageusement l'escalier pour regagner ses quartiers. A la porte du fort, Pierre le hèle :
— Pas facile de naviguer à vue, n'est-ce-pas ?! Avec Rochambeau qui tergiverse...
— Vous êtes qui, vous ?
— Quelqu'un qui a les mêmes idées que vous. Il faut agir vite. Je vous accompagnerai au prochain assaut. Vous avez besoin d'effectifs, non ?
— C'est étonnant venant d'un blanc qui ne voudra pas être commandé !
— Qui parle de commander ? Je serai là, c'est tout. Ne me donnez pas d'ordre.
— Entendu. Alors préparez-vous à vous mettre en route, nous allons renforcer les batteries de Tartane demain.
— J'ai dit, pas d'ordres.
Bellegarde hausse les épaules avec un sourire.
— Venez si vous voulez.

Là où le chemin se resserre et devient plus étroit, une trentaine de Chasseurs sont tapis dans les halliers. Ils guettent le retour des royalistes qui se sont rendus chez Dubuc de Rougerie. Le chef des békés reste sur ses positions et préfère l'appui des Anglais à l'intrusion des républicains en Martinique. Ce soir, avec les grands propriétaires des habitations environnantes, il a discuté de la meilleure façon de rencontrer l'amiral britannique et les conditions d'une alliance possible. Dubuc pense garder la main sur les manœuvres politiques. Il n'est pas question de laisser les terres aux Anglais, mais de se mettre sous leur protection. Ils ont beaucoup parlé, beaucoup bu chez Dubuc. Les mets les plus fins leur ont été servis, malgré le blocus.

Ils viennent de se mettre en route et prennent le sentier escarpé qui mène au grand chemin. Ils sont obligés de chevaucher les uns à la suite des autres. Les montures bronchent et renâclent. Des cailloux roulent sous les sabots des chevaux. L'un d'eux trébuche. Le cavalier un instant déséquilibré essaie de le maîtriser en tirant sur les rênes, donnant de la voix d'un « Ooooh » sonore.

C'est le moment que choisit Pierre pour donner le signal de l'attaque. Bellegarde approuve. D'un même élan, chaque assaillant désarçonne un cavalier. Les chevaux hennissent et fendent l'air de leurs sabots. Le combat est bref. Les békés surpris n'ont pas le temps de parer les coups. Des hurlements retentissent avant de laisser place au silence. Les corps ensanglantés jonchent maintenant le sol caillouteux de Tartane.

Le lendemain dans la fraîcheur du soir, Lucella guette l'allée de la Roxelane qui reste désespérément déserte, hormis les gardes en faction. L'un des dogues lève l'oreille. Elle se redresse en essayant de percer l'obscurité. En un instant la haute silhouette escalade les marches quatre à quatre. Mille sentiments

l'assaillent. Soulagement, amour, défi. Elle craint pour sa vie à chacune de ses sorties. Elle se précipite vers lui.
— Pierre ! Tu es rentré !
— Lucella ma douce, dit-il simplement, avec un regard de gratitude en la serrant contre lui.

La loyauté de Bellegarde à la République et son sens tactique se révèlent les mois suivants. Ses troupes d'esclaves bientôt affranchis, galvanisées par la liberté toute proche, remportent des succès partout dans l'île. La menace anglaise s'éloigne un temps. Rochambeau tient parole. En octobre, il affranchit plus de mille trois cents esclaves ayant servi dans les troupes républicaines. Ils seront surnommés les « libertés Rochambeau ». Pour eux, une nouvelle ère commence.

Pourtant ce n'est pas suffisant pour défendre l'île. Le gouverneur demande par courrier au citoyen ministre de la Marine de lui envoyer des secours en hommes, en vivres et en argent.

Cette nouvelle charge pour la caisse est en comptant l'habillement et la nourriture, une dépense de près de 400 000 livres pour le moment, mais les moyens nous manquent pour espoir de faire ressource ici. Ce projet tout difficile qu'il sera dans le succès est notre seule espérance si nous continuons à ne recevoir aucun secours de la Mère Patrie et à ne pouvoir renouer aucune communication avec elle.

Mes six cents hommes ont servi pendant deux mois sans subsistance, sans soutien, ni nourriture. La flotte anglaise croise au large de la baie des Flamands et fait le blocus de l'île. Le siège de 48 jours a été repoussé grâce à la bravoure des habitants de St-Pierre.[35]

Mais la flotte anglaise continue le blocus et aucun secours n'arrive de la métropole. Pendant des mois ce ne sont qu'assauts et combats, forts pris et repris, embuscades et escarmouches. Patriotes encerclés et assiégés. Plantations des royalistes dévastées.

Les pillages de ces troupes non ravitaillées par l'Etat affolent Rochambeau qui prend des mesures pour que les esclaves regagnent leur habitation. Mais Bellegarde ne tient aucun compte de ses avertissements et continue de recruter des esclaves, au lieu de les désarmer et de les renvoyer sur leurs habitations.

Rochambeau se désolidarise de ces recrutements. Il ne se revendique nullement antiesclavagiste et donne ses recommandations au ministre de la marine :

On ne pense pas à la Convention nationale à traiter l'affranchissement des Noirs avant d'avoir abordé celle de l'abolition de la traite. Si on songeait à donner la liberté aux nègres il ne serait pas je crois nécessaire de nous laisser ici car alors la métropole renoncerait à ses colonies et on pourrait nous employer plus utilement ailleurs[36].

---

[35] Correspondance de Rochambeau
[36] Correspondance de Rochambeau 101-1793

XIV – LIBERTE

Pluviôse, an II

Les Patriotes de Saint-Pierre qui se sont ralliés à la cocarde tricolore, s'opposent aux Planteurs de la campagne, fidèles à la monarchie. La garnison de Fort-Royal se joint à la population de Saint-Pierre. La Révolution triomphe. Le seize pluviôse an II, le 4 février 1794, la Convention abolit l'esclavage, sur tout le territoire national. Mais personne ne le sait quand les Anglais débarquent en plusieurs points de l'île quelques jours plus tard.

Les colons royalistes émigrés et traîtres à la République les accueillent et les guident vers tous les points stratégiques de l'île. Rochambeau n'a pas reçu de renforts de la métropole. Il est obligé de diviser ses forces pour faire face. Ses hommes devront se battre à cinq contre un. Il a pu affranchir un millier d'esclaves qu'il a répartis en deux bataillons. Avec ses neuf cents soldats, ses gardes et ses Chasseurs, soit deux mille hommes[37] tout au plus, il aura à défendre l'île contre les quinze mille anglais en présence, tous soldats de métier. Combat inégal et perdu d'avance.

Pourtant, Bellegarde qui commande le premier bataillon de Chasseurs, se bat avec l'énergie du désespoir.

---

[37] Journal du siège de la Martinique. Rochambeau.

Rochambeau et quelques hommes sont assiégés dans les forts de la République et de la Convention.

Pierre s'est longuement préparé à défendre son habitation, sa terre, tout ce pour quoi il a vécu. D'anciens esclaves qu'il a affranchis depuis la venue de Rochambeau deux ans plus tôt, l'entourent encore. Il leur a demandé de partir, de profiter de leur liberté toute nouvelle, de vivre leur existence prometteuse. Mais ils ont secoué la tête, navrés. Tu as été un bon maitre. Tu es un bon bougre. Tu ne pourras rien faire tout seul. Nous restons. Et ils sont restés sur l'habitation.

Ils se sont postés aux points stratégiques. Les mains devenues moites, s'affermissent sur les armes avant l'assaut. Les respirations se calment, l'heure est proche. La nuit a été longue.

Au petit matin, ils arrivent. Fiers et sûrs d'eux, sanglés dans leurs uniformes rouges, annonciateurs de guerre et de mort. En colonne, ils gravissent le chemin qui mène à l'habitation. Quelques officiers sont à cheval. A la fenêtre, Pierre les voit distinctement. Une centaine d'hommes. Un sourire ironique lui vient aux lèvres. Ils se sont déplacés en force. A côté de lui, Lucella est tremblante mais droite. Elle aussi a vu le déploiement britannique. Elle se jette dans ses bras. Il baise la peau de sapotille, les paupières, les pommettes étirées, la pulpe des lèvres offertes. Il l'interroge du regard. Non, je ne pars pas, je resterai avec toi jusqu'à la fin.

La Roxelane

Alors Pierre se détourne, ouvre les persiennes, lève le bras vers l'homme à l'entrée de l'allée des flamboyants. C'est le signal. L'homme fait signe à son tour vers un autre caché en contrebas du chemin. Et l'ordre se répercute de sente en sente à travers la Montagne.

Soudain, éclatent des détonations auxquelles répond la mitraille britannique. Un nuage de fumée embrume l'air et prend à la gorge. Les Anglais sont pris sous le feu des nouveaux libres. Mais en soldats disciplinés, ils réagissent vite. Le moment de surprise passé, ils se mettent à couvert et repèrent les tireurs embusqués. Avec des cris sourds, les corps s'effondrent. Les Anglais cernent rapidement la grande bâtisse.

Le lieutenant britannique descend de cheval et salue Pierre. Lucella se faufile dans son ombre.
— Quel dommage ! Tant de courage inutile. Je regrette que vous ne soyez pas des nôtres. Mais vous avez perdu. Vous pouvez encore changer d'avis et vous rallier à la Couronne.
Pierre se crispe.
— Je ne connais pas la trahison. Vous savez que je dois ma foi et ma fidélité à ma patrie.

Et puis tout va très vite. Il lève son pistolet vers l'amiral. Un des soldats de l'escorte fait feu. Lucella s'interpose devant son amant. Elle s'écroule. Pierre, horrifié, prend l'ancienne esclave dans ses bras. Elle a un étrange sourire et le regarde sans le voir. Une fleur rouge s'agrandit sur son corsage blanc.

Dans le silence qui suit, une longue plainte s'élève vers le volcan. Le chant des conques de lambi relayé de morne en morne, vient éclater sur les murs de la Roxelane.

EPILOGUE

Après le retour du cheval sans cavalier à l'écurie, les paysans alertés par Jeanne l'ont cherché longtemps dans les champs de la propriété et même au-delà. Ils ont marché vers les collines qu'ils ont arpentées et quadrillées à maintes reprises. Ils ont fini par le découvrir étendu au pied d'un escarpement, un sourire paisible aux lèvres, comme endormi, mais la blessure à l'arrière de la tête ne laissait aucun doute.

Dans sa main fermée, la montre à gousset qui ne le quittait jamais. Quand ils ont pu desserrer les doigts roides, ils ont découvert un profil de femme gravé à l'intérieur. Elle portait une coiffe à trois pointes.

La Roxelane

Annexe

EXTRAITS DU CODE NOIR DE COLBERT

Le Code Noir, qui est censé freiner les abus des maîtres à l'égard de leurs esclaves, codifie l'esclavage des noirs et la traite, justifiés par l'Eglise et les philosophes.

A travers ses soixante articles le législateur, en affectant de considérer l'humanité de l'esclave noir, le présente, sur le plan purement juridique, comme une marchandise soumise aux lois du marché et un bien, faisant partie intégrante d'un domaine.

**Louis, par la grâce de Dieu roi de France et de Navarre :
À tous, présents et à venir, salut.**

Préambule

Comme nous devons également nos soins à tous les peuples que la Divine Providence a mis sous notre obéissance, nous avons bien voulu faire examiner en notre présence les mémoires qui nous ont été envoyés par nos officiers de nos îles de l'Amérique, par lesquels ayant été informés du besoin qu'ils ont de notre autorité et de notre justice pour y maintenir la discipline de l'église catholique, apostolique et romaine, pour y régler ce qui concerne l'état et la qualité des esclaves dans nos dites îles, et désirant y pourvoir et leur faire connaître qu'encore qu'ils habitent des climats infiniment éloignés de notre séjour ordinaire, nous leur sommes toujours présent, non seulement par l'étendue de notre puissance, mais encore par la promptitude de notre application à les secourir dans leurs nécessités. A ces causes, de l'avis de notre conseil, et de certaine science, pleine de puissance royale, nous avons dit, statué et ordonné, disons, statuons et ordonnons ce qui suit.

Article 1er Voulons que l'édit du feu Roi de Glorieuse Mémoire, notre très honoré seigneur et père, du 23 avril 1615, soit exécuté dans nos îles; ce faisant, enjoignons à tous nos officiers de chasser de nos dites îles tous les juifs qui y ont établi leur résidence, auxquels, comme aux ennemis déclarés du nom chrétien, nous commandons d'en sortir dans trois mois à compter du jour de la publication des présentes, à peine de confiscation de corps et de biens du peuple noir.

Art. 2 Tous les esclaves qui seront dans nos îles seront baptisés et instruits dans la religion catholique, apostolique et romaine. Enjoignons aux habitants qui achètent des nègres nouvellement arrivés d'en avertir dans huitaine au plus tard les gouverneurs et intendant desdites îles, à peine d'amende arbitraire, lesquels donneront les ordres nécessaires pour les faire instruire et baptiser dans le temps convenable.

Art. 9 Les hommes libres qui auront eu un ou plusieurs enfants de leur concubinage avec des esclaves, ensemble les maitres qui les auront soufferts, seront chacun condamnés en une amende de 2000 livres de sucre, et, s'ils sont les maitres de l'esclave de laquelle ils auront eu lesdits enfants, voulons, outre l'amende, qu'ils soient privés de l'esclave et des enfants et qu'elle et eux soient adjugés à l'hôpital, sans jamais pouvoir être affranchis. N'entendons toutefois le présent article avoir lieu lorsque l'homme libre qui n'était point marié à une autre personne durant son concubinage avec son esclave, épousera dans les formes observées par l'Eglise ladite esclave, qui sera affranchie par ce moyen et les enfants rendus libres et légitimes.

Art. 11 Défendons très expressément aux curés de procéder aux mariages des esclaves, s'ils ne font apparoir du consentement de leurs maitres. Défendons aussi aux maitres d'user d'aucunes contraintes sur leurs esclaves pour les marier contre leur gré.

Art. 12 Les enfants qui naîtront des mariages entre esclaves seront esclaves et appartiendront aux maitres des femmes esclaves et non à ceux de leurs maris, si le mari et la femme ont des maitres différents.

Art. 13 Voulons que, si le mari esclave a épousé une femme libre, les enfants, tant mâles que filles, suivent la condition de leur mère et soient libres comme elle, nonobstant la servitude de leur père, et que, si le père est libre et la mère esclave, les enfants soient esclaves pareillement.

Art. 14 Les maitres seront tenus de faire enterrer en terre sainte, dans les cimetières destinés à cet effet, leurs esclaves baptisés. Et, à l'égard de ceux qui mourront sans avoir reçu le baptême, ils seront enterrés la nuit dans quelque champ voisin du lieu où ils seront décédés.

Art. 15 Défendons aux esclaves de porter aucunes armes offensives ni de gros bâtons, à peine de fouet et de confiscation des armes au profit de celui qui les en trouvera saisis, à l'exception seulement de ceux qui sont envoyés à la chasse par leurs maitres et qui seront porteurs de leurs billets ou marques connus.

Art. 16 Défendons pareillement aux esclaves appartenant à différents maitres de s'attrouper le jour ou la nuit sous prétexte de noces ou autrement, soit chez l'un de leurs maitres ou ailleurs, et encore moins dans les grands chemins ou lieux écartés, à peine de punition corporelle qui ne pourra être moindre que du fouet et de la fleur de lys ; et, en cas de fréquentes récidives et autres circonstances aggravantes, pourront être punis de mort.

Art. 17 Les maitres qui seront convaincus d'avoir permis ou toléré telles assemblées composées d'autres esclaves que de ceux qui leur appartiennent seront condamnés en leurs propres et privés noms de réparer tout le dommage qui aura été fait à leurs voisins à l'occasion desdites assemblées et en 10 écus d'amende pour la première fois et au double en cas de récidive.

Art. 18 Défendons aux esclaves de vendre des cannes de sucre pour quelque cause et occasion que ce soit, même avec la permission de leurs maitres, à peine du fouet contre les esclaves, de 10 livres tournois contre le maitre qui l'aura permis et de pareille amende contre l'acheteur.

Art. 22

Seront tenus les maitres de faire fournir, par chacune semaine, à leurs esclaves âgés de dix ans et au-dessus, pour leur nourriture, deux pots et demi, mesure de Paris, de farine de manioc, ou trois cassaves pesant chacune 2 livres et demie au moins, ou choses équivalentes, avec 2 livres de bœuf salé, ou 3 livres de poisson, ou autres choses à proportion : et aux enfants, depuis qu'ils sont sevrés jusqu'à l'âge de dix ans, la moitié des vivres ci-dessus.

Art. 25
Seront tenus les maitres de fournir à chaque esclave, par chacun an, deux habits de toile ou quatre aunes de toile, au gré des maitres.

Art. 28
Déclarons les esclaves ne pouvoir rien avoir qui ne soit à leurs maitres ; et tout ce qui leur vient par industrie, ou par la libéralité d'autres personnes, ou

autrement, à quelque titre que ce soit, être acquis en pleine propriété à leurs maitres, sans que les enfants des esclaves, leurs pères et mères, leurs parents et tous autres y puissent rien prétendre par successions, dispositions entre vifs ou à cause de mort ; lesquelles dispositions nous déclarons nulles, ensemble toutes les promesses et obligations qu'ils auraient faites, comme étant faites par gens incapables de disposer et contracter de leur chef.

Art. 33
L'esclave qui aura frappé son maitre, sa maitresse ou le mari de sa maitresse, ou leurs enfants avec contusion ou effusion de sang, ou au visage, sera puni de mort.

Art. 34
Et quant aux excès et voies de fait qui seront commis par les esclaves contre les personnes libres, voulons qu'ils soient sévèrement punis, même de mort, s'il y échet.

Art. 35
Les vols qualifiés, même ceux de chevaux, cavales, mulets, bœufs ou vaches, qui auront été faits par les esclaves ou par les affranchis, seront punis de peines afflictives, même de mort, si le cas le requiert.

Art. 36
Les vols de moutons, chèvres, cochons, volailles, cannes à sucre, pois, mils, manioc, ou autres légumes, faits par les esclaves, seront punis selon la qualité du

vol, par les juges qui pourront, s'il y échet, les condamner d'être battus de verges par l'exécuteur de la haute justice et marqués d'une fleur de lys.

Art. 38
L'esclave fugitif qui aura été en fuite pendant un mois à compter du jour que son maitre l'aura dénoncé en justice, aura les oreilles coupées et sera marqué d'une fleur de lys sur une épaule ; s'il récidive un autre mois à compter pareillement du jour de la dénonciation, il aura le jarret coupé, et il sera marqué d'une fleur de lys sur l'autre épaule ; et, la troisième fois, il sera puni de mort.

Art. 39
Les affranchis qui auront donné retraite dans leurs maisons aux esclaves fugitifs, seront condamnés par corps envers les maitres en l'amende de 300 livres de sucre par chacun jour de rétention, et les autres personnes libres qui leur auront donné pareille retraite, en 10 livres tournois d'amende par chacun jour de rétention.

Art. 40
L'esclave puni de mort sur la dénonciation de son maitre non complice du crime dont il aura été condamné sera estimé avant l'exécution par deux des principaux habitants de l'île, qui seront nommés d'office par le juge, et le prix de l'estimation en sera payé au maitre ; et, pour à quoi satisfaire, il sera imposé par l'intendant sur chacune tête des nègres payants droits la somme portée par l'estimation, laquelle sera

régalée sur chacun desdits nègres et levée par le fermier du domaine royal pour évité à frais.

Art. 42
Pourront seulement les maitres, lorsqu'ils croiront que leurs esclaves l'auront mérité, les faire enchaîner et les faire battre de verges ou cordes. Leur défendons de leur donner la torture, ni de leur faire aucune mutilation de membres, à peine de confiscation des esclaves et d'être procédé contre les maitres extraordinairement

Art. 44
Déclarons les esclaves être meubles et comme tels entrer dans la communauté, n'avoir point de suite par hypothèque, se partager également entre les cohéritiers, sans préciput et droit d'aînesse, n'être sujets au douaire coutumier, au retrait féodal et lignager, aux droits féodaux et seigneuriaux, aux formalités des décrets, ni au retranchement des quatre quints, en cas de disposition à cause de mort et testamentaire.

Art. 54
Enjoignons aux gardiens nobles et bourgeois usufruitiers, amodiateurs et autres jouissants des fonds auxquels sont attachés des esclaves qui y travaillent, de gouverner lesdits esclaves comme bons pères de famille, sans qu'ils soient tenus, après leur administration finie, de rendre le prix de ceux qui seront décédés ou diminués par maladie, vieillesse ou

autrement, sans leur faute, et sans qu'ils puissent aussi retenir comme fruits à leur profit les enfants nés desdits esclaves durant leur administration, lesquels nous voulons être conservés et rendus à ceux qui en sont maitres et les propriétaires.

La Roxelane

Table des matières

I – LES ILES DU VENT 7
II- PASSAGE DU MILIEU 29
III - ESCLAVAGE 41
IV - CHATIMENTS 83
V- ALLIANCES 105
VI – AFFRANCHIS 133
VII- BORDEAUX, 1820 171
VIII - AU PIED DU VOLCAN 173
IX - LA ROXELANE 189
X - BORDEAUX, 1820 193
XI - ZENITH 195
XII - BORDEAUX, 1820 201
XIII – REVOLUTION 203
XIV – LIBERTE 233
EPILOGUE 237
Annexe 239

La Roxelane

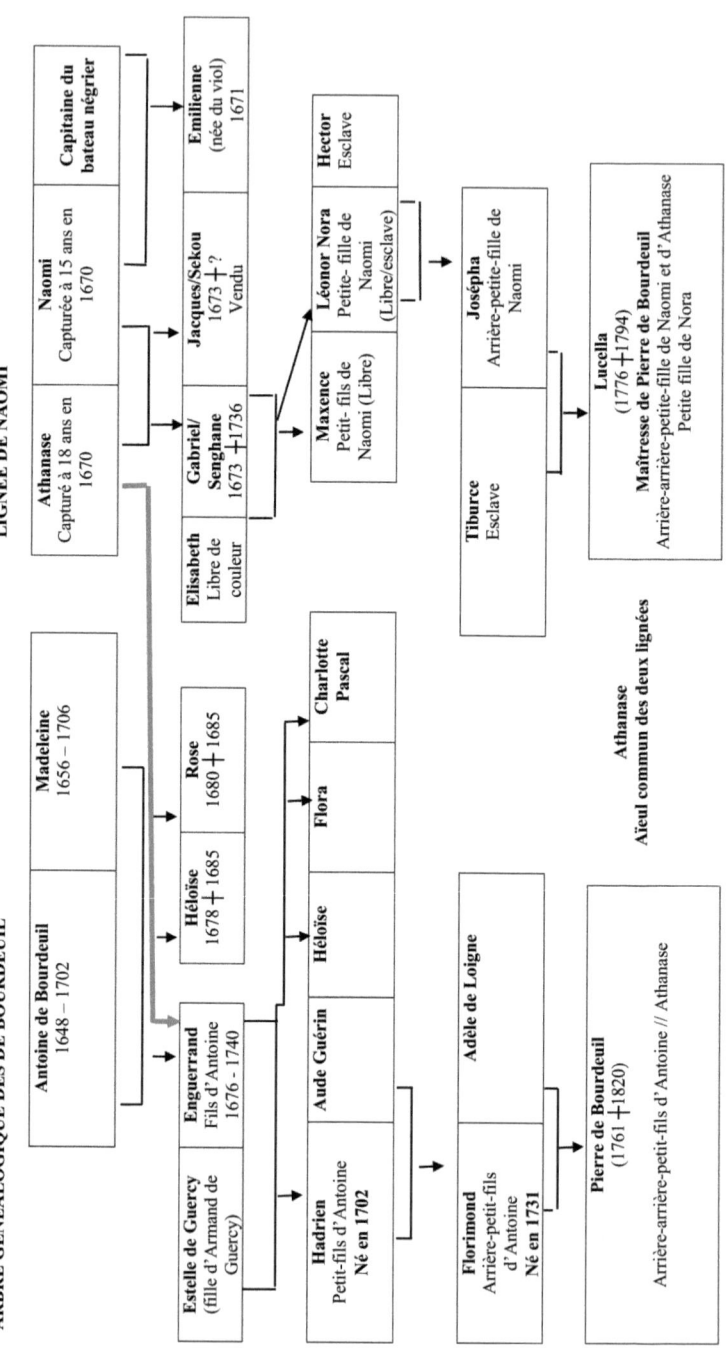

La Roxelane

Note de l'auteur et remerciements

L'abolition de l'esclavage de 1794 aura cours en Guadeloupe et dans les autres possessions françaises. La Martinique, occupée par les Anglais, n'en bénéficiera pas. A son arrivée au pouvoir, Napoléon le rétablira sur tout le territoire national. Il faudra attendre le décret de 1848, plus de cinquante ans plus tard, pour voir l'esclavage définitivement aboli en terre française.

Si ce roman et ses personnages se situent dans une habitation fictive et imaginaire du nord de la Martinique, le cadre et les événements historiques du récit sont avérés.

J'ai pris la liberté de citer le Père Labat, Joseph Rennard, Rochambeau et Condorcet, témoins et acteurs de l'époque. Je me suis appuyée sur les ouvrages de plusieurs historiens. Les recherches d'Abel Louis sur les libres de couleur m'ont été très utiles. Les travaux de Paul Butel et de Jean-Pierre Sainton sur l'histoire des Antilles, de Léo Elisabeth sur la République dans les iles du vent ont été des sources précieuses.

Je suis reconnaissante à Gilles, mon fils, pour ses encouragements constants. Ils ont succédé à ceux de Patrick, mon chevalier trop tôt disparu.

La Roxelane

Et je remercie infiniment Alain et Béatrice, pour leurs patientes relectures et leurs précieux conseils.

La Roxelane

La Roxelane